菊花ちらし

木挽町芝居茶屋事件帖

篠 綾子

時代小説文庫

角川春樹事務所

本文デザイン／アルビレオ

目次

登場人物紹介

喜　八　一六八六年の大弾圧で捕縛され、獄死した町奴かささぎ組の組頭・大八郎の一人息子。芝居茶屋かささぎを仕切る。役者ばりの美男で、女客に大人気。元町奴たちが安心して働ける場となるよう、店を大きくしたい。

弥　助　かささぎ組の元子分筆頭で、現在は口入屋で仕事を請け負って暮らす百助の息子。喜八とは幼馴染で守役でもある。茶屋商いを手伝う。いつも冷静沈着な頼れる男前。

松次郎　茶屋かささぎの料理人。無口だが料理の腕前は確か。喜八の父・大八郎に恩義がある。

おもん　大八郎の妹で、山村座の人気女形・藤堂鈴之助の妻。茶屋かささぎの店主で女将だが、いまは喜八に店を任せている。

東儀左衛門　狂言作者。茶屋かささぎの常連で、夜な夜な店にやってきては、喜八と弥助に台詞を読ませながら芝居の筋書きを練る。

おあさ　東儀左衛門の娘で、同じく茶屋かささぎの常連。目が悪く、ときどき眼鏡をかける。父のために、市中で芝居の題材になりそうな噂を集めている。

中山直房　先手組鉄砲組頭で喜八の父・大八郎を捕らえた中山直守の息子。火付人追捕（のちの火付け盗賊改め方）で、鬼勘解由と呼ばれた父にちなんで、鬼勘と呼ばれている。元町奴を警戒しており、喜八とは犬猿の仲。

菊花ちらし
木挽町芝居茶屋事件帖

第一幕　化粧水を売る男

一

七月も半ばを過ぎれば、秋の気配がはっきりと感じられるようになる。

実りの秋。滋味あふれる豊富な食材を使って、どんな料理を作ろうかと、木挽町、山村座そばにある芝居茶屋かささぎの料理人、松次郎は日々いろいろ考えているようだ。もっとも、口数も少なくて、表情もあまり変わらない松次郎のこと――この店を仕切っている喜八にもその内心は読み切れない。

「お芝居帰りの皆さん、お昼を食べ損ねちまったなら、ちょいと寄ってっておくんなさい。しめじのご飯に、舞茸の焼き物、秋茄子の揚げびたしもありますよ」

昼を少し過ぎた八つ（午後二時）少し前、喜八は店前で通りを行く人たちに呼びかけた。

「お、ちょっくら腹が空いてたんだよ」

芝居帰りのご隠居や外回りの途中と見える商家の奉公人など、幾人かが暖簾をくぐってくれる。そうした客たちを中へ案内しているうち、

「ああ、もうこれ以上歩くの面倒だから、ここでいいわ」

ややきつい感じの若い女の声が耳に飛び込んできた。ふと目をやると、その女とばっちり目が合う。

十七歳の喜八と同じくらい、見ようによってはやや年下といったところか。初めて見る顔だが、垢抜けた美しい娘である。

「あ、お嬢さん。うちへお寄りいただけるんで？」

喜八はとびきりの笑顔を浮かべて訊いた。

「え、ああ。そうね。そうしようと思ってたところよ」

娘は喜八の笑顔を正面から見つめ、一瞬ぽかんとしたものの、すぐに元の調子に戻ると、

「きはち、いいわね」

と、後ろを振り返った。

「へ？」

突然、自分の名前を呼ばれ、今度は喜八がぽかんとする。だが、よく見れば、娘の顔は喜八ではなく、後ろにいる連れの男の方に向けられていた。どうやら、連れの男の名が

「きはち」というようだ。その連れは寸の間を置いてから「……へえ」と返事をした。

　どんな男かと興味を持って見てみれば、がっしりした体つきをしている。齢(とし)の頃は連れ添っている娘と同じくらい。逞(たくま)しそうな——と言えば聞こえはよいが、乏しい表情といい間延びした返事といい、何となく鈍重そうに見えてしまう。

「もう、もたもたしないでよ」

　若い娘は容赦のない口ぶりで言うと、ふんと勢いよく前を向き、暖簾をくぐった。「きはち」と呼ばれた連れの男が無言であとに続く。

　同じ名前のせいか、妙に気になった喜八は呼び込みを中断すると、二人を空いている席へ案内した。

「お嬢さんとおにいさん、うちは初めてですよね。俺はここの女将(おかみ)の甥(おい)で、喜八といいます」

「えっ、喜八……さん？」

　娘は目を大きく見開き、慌てて語尾に「さん」と付ける。

「ええ。さっき、お嬢さんの呼びかけを聞いて驚きましたよ。おにいさんも『きはち』というんでしょ。俺は喜ぶに八と書くんですがね」

　喜八がにっこりすると、連れの男は「う」とか「あ」とか、はっきりしない声を漏らして、喜八から目をそらしてしまった。

「まあ、字まで同じなのね。おっしゃる通り、この人も喜八よ。でも……若旦那さん、でいいのかしら。あなたは同じ喜八でも何て言うか……月とすっぽん？　この人が喜八って名前なのが失礼な気がしてきたわ」

いや、あなたこそお連れに対して失礼でしょう——と言いたくなるが、この遠慮のない物言いからして、兄弟姉妹、もしくはお嬢さまと下男といったところか。

「ところで、お嬢さんのお名前をお聞きしても？」

まず娘の名を尋ねると、「菊よ」とすぐに返事があった。

「お嬢さんにぴったりのお名前ですね。そういえば、お召し物の菊柄がよくお似合いで」

さりげなく小袖の柄も褒めておくと、お菊は嬉しそうな顔をした。

「あたしたちは真間村から来たの。知ってる？　下総の真間村」

「はい。船橋より手前ですよね」

「そう。江戸には一日で来られるけれど、いろいろ見て回ると一日じゃ帰れないから、何日か宿で過ごすことにしているの。今日はお芝居を見てきたんだけど、七夕にちなんだお芝居かしら。あんまり面白くなかったわ。あたしはもっとはらはらどきどきするのがいいのに……」

今、山村座でかかっているのは「呉織と漢織」という芝居だ。確かに、お菊のような派手さを好む客には物足りないかもしれない。

「明日は浅草寺さんへ行くつもりだったけれど、堺町の芝居小屋にしようかしら」

気ままに行動する癖がついているのか、まだ喜八と話している最中だというのに、お菊は思いつきを口にする。一方、連れの喜八は何も言わないので、お菊の決定に物申せる立場ではなさそうだ。

「それじゃあ、お菊さんに喜八さん。ご注文は壁の品書きを御覧になってお決めください。あのあたりがご飯もので……」

と、喜八が説明を始めると、お菊が片手を上げた。

「ああ、細かいことはけっこうよ。お勧めのお品を教えてちょうだい」

あれを食べようか、こっちにしようかと、思案するのはお好みではないらしい。

「はい。茸が美味しい季節ですんで、ご飯ものからお菜までいろいろそろっています。しめじのご飯に、茸尽くしの衣揚げや茶碗蒸し。そうそう、衣揚げといえば、ぴりっとした生姜も人気があります。それに、えのきの味噌汁など合わせていただければ……」

「じゃあ、それでお願い」

お菊はぜんぶ頼むと言った。念のため連れの喜八の方を見やると、深々とうなずき「二人前で」と言う。すべてお菊の言う通り、ということのようだ。

「かしこまりました。それじゃ、しばらくお待ちください」

変わった二人連れだと思いながら、喜八は調理場へ下がった。

松次郎に注文を伝え終えたところで、この茶屋のもう一人の運び役、弥助が客席からやって来た。喜八にとっては兄のような幼馴染みで、年上の女客たちからやけに人気がある。

弥助は取ってきた注文を松次郎に伝えた後、

「若が相手をしてらっしゃったのは、初めてのお客さんですね」

と、喜八に訊いてきた。

「ああ。真間村から来たんだってさ。江戸へは遊びに来たってところだなあ」

「へえ。江戸住まいじゃないにしては、あのお嬢さんはおしゃれですね。お連れは田舎育ち丸見えですが」

弥助は新入りの客たちをすでに見定めていたようだが、真間村の喜八に対しては遠慮がない。

「連れの人、喜八っていうんだってさ。字も同じなんだよ」

「え？」

弥助の口から驚きの声が漏れた。喜八の顔をまじまじと見つめた後、

「はあ、喜八同士ですか」

と、何かを呑み込むような調子で呟く。そんなやり取りをしている間に、喜八は二人に出す麦湯の用意を調え、弥助よりも先に調理場をあとにした。

お菊と喜八の席では、二人が黙りこくって座っている。芝居を見てきたのなら、その話

でもすればよさそうなものだが、互いに言葉を交わそうという気配がない。他の客から話しかけられることもないため、お菊は退屈そうだ。

そうこうするうち、茸尽くしと生姜の衣揚げが出来上がり、喜八は二人の席へ運んだ。

「あら、揚げ立てね。いいにおい」

所在なさそうにしていたお菊の表情が明るくなった。

「しめじに舞茸、椎茸（しいたけ）の衣揚げは、塩か出汁（だし）つゆのお好みでどうぞ。生姜はまず、一口目は何もつけずに召し上がるのをお勧めします」

薄切りにして衣揚げにした生姜は、その軽い舌触りと鼻に抜けるさわやかな香りが特徴だ。揚げ立ては特に香（こう）ばしい。

「ほんとうだわ。いい香り」

お菊はまず生姜の衣揚げを口にし、すぐに目を輝かせた。

「こちらは多摩（たま）の生姜です」

「ふうん。生姜といえば、谷中（やなか）じゃないの？」

お菊はさらに生姜の衣揚げを口に運びながら、その合間に問う。

「谷中生姜とは別ものですね。あちらは葉生姜で、これは根生姜ですから」

お菊が喜んでいるようでよかったと思いながら、連れの喜八を見ると、こちらは黙々と衣揚げを噛（か）み締めている。その表情にはこれといって変化がなくて、美味しいのか美味しくないのか、まったくつかみどころがなかった。

「ええと、喜八さんはいかがです？　お気に召しましたか」

もぐもぐと動いていた口がぴたっと止まった。それからごっくんと口の中のものを呑み込むと、真間村の喜八はぶんぶんと音を立てるような勢いで首を縦に動かした。

「あ、気に入ってくださったってことで？」

「気に入るに決まってるじゃないの」

お菊が口を挟んでくる。

「こんな衣揚げ、真間村じゃ食べられないんだから。あ、それから若旦那さん。この喜八に何か尋ねたって無駄よ。気の利いたことなんか言えたためしがないもの」

「そんなことは……」

と言いかけたものの、さっき声をかけてから、真間村の喜八がまともにしゃべった言葉を聞いていなかったなと、喜八は口をつぐむ。

「あ、でも、お箸が進んでるみたいでよかったです。次の料理が出来次第、またお持ちしましょう」

愛想のよい笑みを浮かべて、二人の席から離れる。ちらと振り返ると、二人は無言で衣揚げを口に運び続けていた。

二

その後、お菊は生姜の衣揚げが気に入ったらしく、おかわりしたいと言った。連れの喜八に目を向けると、深くうなずき「二人前で」と付け加える。

ややあってから、喜八は追加の衣揚げと一緒に茸の茶碗蒸し、しめじのご飯、えのきの味噌汁をお菊たちの席へ運んだ。いずれも、お菊には満足のいく味だったようで、連れの喜八にいくらか遅れて完食したお菊は、

「どれもこれも美味しかったわ。たまたま若旦那さんの呼び声で入ったんだけど、こんな美味しいお店に当たるなんて、本当によかった」

と、皿を下げにいった喜八ににこにこ言う。

「おなかいっぱい。少し食べすぎちゃったかも」

お菊はそう言うが、体の大きな連れには物足りなかったのではないか。

「喜八さんはどうです。満腹になりましたか」

念のために尋ねると、真間村の喜八は大丈夫だというように大きくうなずいた。喜八は皿を片付けてから、新しい麦湯を二人のもとに運び、「どうぞごゆっくり」と告げる。もう昼八つを過ぎていたから、客席もぽつぽつ空いていた。

残っている客たちも大半は食事を終えて、茶飲み話に興じている。顔馴染みの客たちが和んでいる中、一人で蕎麦をすすっている男客がいた。「へ」の席に座るその客には見覚えがない。

調理場で顔を合わせた時、弥助に訊いてみると、

「ああ、薬売りの久作さんですね。初めてのお客さんですが、この辺りは商いで回っていて、いつか寄ってみたいと思ってくださっていたそうです」

と、滑らかな答えが返ってきた。ところが、

「その久作さんなんですがね」

と、客席の方へちらと目を向けながら、弥助は急に声を落として続けた。

「たった今、お菊さんの隣の席へ移りました。しかも話しかけてますよ」

蕎麦を食べ終えるや否や、席を立ったようだ。

客から「知り合いがいるから席を変えてよ」と頼まれることはある。食後に席が余っていれば、勝手に移る客もまれにはいたが、久作もお菊たちも初めての客だ。たまたま知り合い同士、互いに初めて入った店でばったり、ということだろうか。

「片付けがてら、声をかけてみましょうか」

弥助が気を利かせてくれたが、喜八は「いや、俺が見てくるよ」と、調理場の外へ出た。客席に目を配るという体で調理場の前から動かず、まずは様子を見る。久作とやらが万一

にもお菊を困らせているようなら、話に割って入ればいい。

（ま、お菊さんは別嬪さんだからな。誘いの声がかかることもあるだろうが……）

しかし、連れの喜八がいるところで、初対面の男は声をかけづらいはずだ。そんなことを思いめぐらしつつ、喜八は様子をうかがった。

お菊と連れの喜八は「ろ」の席に向かい合って座り、久作は隣の「ほ」の席から、通路越しにお菊に話しかけている。

久作とお菊の間は話が弾み出しているが、真間村の喜八は蚊帳の外。お菊はそのことをまったく気にしておらず、久作は初めこそ、ちらちらと真間村の喜八に目を向けていたが、やがて気に留めなくなった。

会話ははっきりとは聞こえないが、久作が陶器を手に何やら売り込んでいるようだ。久作は薬売りだというし、中身は薬なのかもしれない。やがて、お菊が久作から渡された陶器を手に取った。徳利のような形をした蓋つきの瓶である。

蓋を取って鼻を近付けたお菊は、すぐに蓋を戻してうなずくと、連れの喜八に向かって何か言った。喜八は黙々と袂から袋を取り出し、中の銭をいくらかまとめて久作に手渡した。久作はそれを数え終えると、お菊に愛想のいい笑顔を向け、元の席へと踵を返す。

台には湯飲み茶碗が残っていたが、その場で「ごちそうさん」と弥助に声をかけた久作は、支払いの銭を置いて行李を背負った。

久作の見送りを弥助に任せると、喜八はさっそくお菊たちの席へ向かい、さりげなく尋ねた。

「今の方とは、お知り合いでしたか」

「いいえ、初めて会った人よ」

お菊は久作から受け取った陶器の瓶を手に、首を横に振る。

「化粧水を売り歩いてるんですって。菊若水っていうそうよ」

「化粧水？」

「そう。あたしも一本、うまく買わされたわ」

お菊は屈託のない調子で言った。

「あのお客さん、薬売りと聞いていましたが……」

「そうなの？　まあ、化粧水だって薬の類と言っていいんじゃない？」

お菊は細かいことにこだわらないようだ。だが、初対面の男から化粧水を買わされたお菊が、騙されていやしないか、喜八は気にかかった。

「あの、いくらでお求めになったか、お訊きしてもかまいませんか。店の中でのことですので、ちょいと気になりまして」

「あ、もしかして、店の中で物の売り買いはいけなかった？」

お菊ははっとした様子で訊き返す。

「いえ、駄目ってわけじゃありません。ただ、今までにないことでしたので、念のため」

「そうなのね。菊若水は一本、百五十文よ。化粧水が百文、この瓶が五十文。でもね、あの人、ぜひあたしに使ってほしいから、瓶の五十文はまけてあげるって言うの。だから、百文で買えたわ」

　お菊はご機嫌であった。

　化粧水の値がふつうどれくらいなのか、喜八には分からない。かささぎで出している蕎麦(そば)の十六文に比べれば、かなり高いように思えるが、お菊の態度からすると、これがふつうなのかもしれない。

「ああ、しゃべったら喉が渇いちゃったわ」

　お菊が思い出したように言うので、

「麦湯をお持ちしましょうか。それとも、甘酒の方がいいですか」

と訊けば、甘酒がいいと言う。喜八はいったん下がって支度をし、お菊の席へ取って返した。

「そうそう。さっきの人、久作さんというそうだけど、あの人に新しい客を引き合わせて、その人が菊若水を買ったら、あたしに十文くれるんですって」

　甘酒で喉を潤したお菊は、喜八が何も訊かないうちから、久作とのやり取りを語り出した。

「十文くれる？」

変な話だと思って訊き返すと、

「けど、それは……」

と、それまで注文以外の言葉をしゃべらなかった真間村の喜八が、突然口を開いた。

「お嬢さんがもうひと瓶、化粧水を買う場合ですよね。それも百六十文で……」

ぼそぼそと言う口もとをじっと見ていた喜八は、話の中身を理解するのに一瞬遅れた。

「んん？　それって、つまり百五十文で買うのと同じだよな」

お菊は今回、瓶の代金をまけてもらったそうだが、それがなければ、菊若水は百五十文だ。それが二本目からは百六十文に値上がりするものの、新しい客を紹介すれば、十文まけてもらえるらしい。要するに、久作が得をするからくりなのだろう。

買う側の客にとっては、さほどよい条件とも思えないが……などと思っていると、

「ああ、もう。たかが十文くらいどうでもいいわよ」

と、お菊が苛立たしげに言った。真間村の喜八は首をすくめている。

「ええっと、お菊さんはお金持ちのお嬢さんなんですね。もしかして、名主のお家の娘さんとか？」

喜八は話を変えた。すると、お菊はたちまち機嫌を直して目を大きく瞠り、

「あら、よく分かったわね」

と、感心した様子で言う。

「あたしのお祖父(じい)さんが名主でね。うちの村はほとんど梨農家なのよ」

「へえ、梨農家ですか。じゃあ、お連れの喜八さんのお宅も？」

喜八が目を向けて問うと、真間村の喜八はおもむろにうなずいた。どうやら、お菊の兄弟でも下男でもないようだ。では、二人はいったいどういう間柄なのだろう。これまでの二人の様子から、疑問は膨らむばかり。訊いてみたくてうずうずしていると、

「この喜八は組頭(くみがしら)の家の倅(せがれ)よ。どういうわけか、うちのお祖父さんに気に入られてて、兄弟のいないあたしのお供に選ばれたの。お蔭(かげ)で、あたしはこんなに気の利かない人を連れ歩く羽目になっちゃってるわけ」

と、お菊がまた自分から語り出した。

なるほどと思いながら話を聞きつつ、真間村の喜八に対するお菊のぞんざいな扱いにはびっくりしてしまう。いくら名主の家が格上といっても、れっきとした組頭の家の息子が下男扱いされる謂(いわ)れはあるまい。それなのに、真間村の喜八がお菊に一切逆らわず、すべて言いなりになっているのが、また驚きであった。

「気が利かないなんて、そんなことは――。江戸じゃ詐欺(さぎ)も追いはぎもめずらしくないですからね。この喜八さんがついていてくれるから、お菊さんも安心して江戸見物ができるってもんでしょう」

お菊の意に反するようなことは、あまり言わない方がいいのだろうが、自分と同じ名前の男がこうも蔑ろにされているのは忍びない。喜八が少しばかり、真間村の喜八を庇ってみせると、

「いやだわ、若旦那さん」

と、お菊は拗ねた様子で口をとがらせた。

「若旦那さんは、この喜八と一日中、顔を突き合わせて過ごしたことがないから、そんなふうに言うのよ。何を言ってもろくに返事をしないこの人と、ずっと一緒にいなくちゃならないあたしの身にもなってほしいわ。お祖父さんも、そういうあたしの苦労を少しも知らないから」

お菊が文句を言う間、連れの喜八は面目なさそうに下を向いている。確かに、お菊が望むような気の利いたやりとりは、この喜八には難しいかもしれない。そして、そういうことの得意な男も世の中にはいるし、仕事柄、自分などはそこそこうまくやれると思う。弥助なら自分以上にうまくやるはずだ。

だが、その手の男では、お菊の祖父はおそらく安心できないだろう。この朴訥さと要領の悪さ、間違ってもお菊に言い寄ったり手を出したりしないと信じられる気質——これがあるからこそ、真間村の喜八はお菊の供を命じられたのだと、喜八にも推測できた。

(ま、お菊さんの気持ちも分からなくはないか。それで当たられる喜八さんも気の毒だけ

どな）

などと、喜八が胸の中で独り言ちていたら、「そうだ、若旦那さん」とお菊が急に明るい声を出した。

「あたし、明日も江戸見物をするんだけど、同じ名前のよしみで、若旦那さんがこの人の代わりに付き合ってくれるのは無理かしら」

とんでもないことを思いつくものである。

「いや、俺は店を空けられないですから。代わりに任せられる人もいないですし」

慌てて丁寧に断ると、お菊は大きな溜息をこぼしながら「残念ね」と呟いた。

その頃には、お菊が追加で頼んだ甘酒も飲み終わり、そろそろ帰ろうという気になったらしい。お菊は久作から買った菊若水の瓶を当たり前のように連れの喜八に渡し、喜八は大事そうに受け取ると、手持ちの風呂敷包みの中にしまい込んだ。それから二人分の食事代を支払った真間村の喜八が席を立った時にはもう、お菊はさっさと店の外へ出てしまっている。

弥助が見送りに出ていたが、お菊は連れを待つこともせず、芝居小屋と反対の方へ歩き始めていた。

「ありがとうございました。お気をつけて」

慌ててお菊の背を追いかけていく真間村の喜八を見送ってから、喜八は店の中へ戻った。

「お菊さんはうちのお料理、気に入ってくれたそうで、できれば明日も来たいと言ってくれましたよ」

と、弥助がお菊の言葉を伝えてくれる。

「ふうん。明日は堺町のお芝居を見に行くと言ってたけど、またうちへ来てくれたら、嬉しいよな」

甘酒の器を片付けながら、喜八は言った。それにしても、一度会ったら忘れられそうにない凸凹(でこぼこ)な二人連れだったなと、改めて思った。

三

同じ日の夕方、狂言作者の東儀左衛門(あずまぎざえもん)がかささぎに現れた。弟子の六之助(ろくのすけ)が供をしているのはいつものことだが、今日は娘のおあさと女中のおくめも一緒。にぎやかな四人組だ。

儀左衛門のお気に入りはいちばん奥の「い」の席で、いったん陣取ったら長々と居座ることが多い。

「これはこれは、東先生に六之助さんじゃないかね」

席へ案内していた時、声をかけてくる客がいた。丸屋(まるや)町の岩蔵(いわぞう)という芝居好きのご隠居だ。とある事件がきっかけで、儀左衛門や六之助とも馴染みになったのだが、

「先生と六之助さんに酒を一本ずつ」

世話になった礼がしたいと、注文を追加する。始末屋だの吝嗇（りんしょく）だのと言われていた岩蔵だが、無駄遣いを嫌うというだけで、これと決めたことに対しては金を惜しまない。儀左衛門と六之助に酒をおごることは、岩蔵にとって無駄遣いではないのだろう。

「ありがとうございます、と言いたいとこなんですが、六之助さんは下戸（げこ）でして」

喜八が伝えると、岩蔵は「おや、そうかね」と意外そうに目を見開いた。

「だったら、甘酒はどうかな。ご本人に訊いてみてくれないかね。とにかく酒に代わるものを何か、六之助さんにも頼むよ」

「分かりました」

喜八は岩蔵の言葉を受け、「い」の席へ向かった。儀左衛門は酒を、六之助は甘酒を、ありがたく頂戴することになった。二人が岩蔵に礼を言っていると、

「あれ、東先生。今は興行中じゃないんですかい？」

と、別の客から儀左衛門に声がかかった。

「今月はかかっとらん。次にかかるのは九月の山村座やさかい、よろしゅう頼みますわ」

儀左衛門もすかさず自分の芝居を売り込んでいる。儀左衛門を狂言作者と見て話しかけてくる客をすべて相手にしていると、切りがない。

「お父つぁん、早く注文しないと」

おあさが焦れて儀左衛門に声をかけた。

「ああ、せやな。六之助、よろしゅう頼むわ。衣揚げは忘れんといてな」

体よく押し付けられた六之助は「お任せください」と心得た様子である。その後、六之助とおあさとおくめは相談の上、茸尽くしと生姜の衣揚げ、秋茄子の煮びたし、里芋の煮物、茶碗蒸しなどを次々に注文した。

ややあって、まず大盛りの衣揚げを席へ運ぶと、四人は目を輝かせた。先に酒を飲み始めていた儀左衛門は「これを待っとったのや」とほくほく顔である。

「いただきます」

熱いから気をつけて――という喜八の言葉が終わるか終わらぬうちに、おあさは舞茸の衣揚げを口に運んでいた。塩をつけただけの衣揚げがさくっと音を立てる。

「ああ、茸が美味しいわ。塩もいいけど、これは出汁つゆもいけるわよ」

歯触りのいい舞茸は、熱を入れてもその食感が損なわれないと、松次郎が言っていた。

「お嬢さん、生姜の衣揚げ、食べてみてください。ぴりっとして最高です」

おあさとおくめは、互いの食べたものを勧め合いながら、にこにこしている。

「ふんふん、生姜の衣揚げは初めて食うたが、これはなかなかええ。薬味で食うのとはまるで別ものや」

儀左衛門は感心した様子で言い、

「先生のおっしゃる通りです。生姜がこうして主役を張る料理とはめずらしい限りで」

六之助は儀左衛門のあとを追うように、生姜の衣揚げを頰張っている。

「こうしていると、秋になったなあって思うわねえ」

おあさがしみじみした口ぶりで言うと、儀左衛門は何を思ったか、急に目を閉ざした後、

「かささぎの橋を渡りて秋の幸(さち)」

と、一句詠じた。

「おおっ、さすがは先生」

六之助が少しばかり大仰(おおぎょう)な声を上げる。

「かささぎで食事をされて、秋を感じる。先ほどのお嬢さんのお言葉を、たちまち句に仕立ててしまわれたんですなあ」

六之助の解説に、おくめは熱心にうなずいていたが、やがて小首をかしげると、

「でも、どうして橋なんですか」

儀左衛門と六之助を交互に見ながら尋ねた。六之助は儀左衛門の許しを得て、説明を始める。

「それは、かささぎという鳥の伝説によるものなんですよ、おくめちゃん。七夕の夜に、彦星と織姫が天の川を渡って逢(あ)う話は知っているでしょう？　その時、天の川に橋を架けるのがかささぎなんです」

「かささぎって、優しくて親切な鳥なんですね！」

おくめは感心した様子で、目をきらきらさせている。

「おくめは、かささぎの橋の伝説は知らなかったのね」

おあさの言葉に、おくめはうなずいた。

「はい。彦星さんと織姫さんのお話は知っていましたけど」

「ま、言い伝えは、細かいとこで違っとることも多いさかい」

儀左衛門が言いながら、生姜の衣揚げを口に運ぶ。

「でも、お父つぁん。『かささぎの橋』って秋の季語よね。それなのに、もう一回、『秋の幸』って入るのはどうなのかしら」

おあさがいつになく難しい顔になって言う。

「ははあ、お嬢さんはさすがですな。二重の季語にすぐ気づかれるとは――」

六之助はまた感心している。

「せやけどな、この句は『かささぎの橋』にこの茶屋の名を掛けてるところが胆や。かささぎの橋は外せんし、秋の幸かて……」

「秋をやめて、『旬の幸』にすればいいのよ」

「ふう……む。旬の幸……か」

儀左衛門は難しい顔をしながら腕を組んでいる。

「すごくいいです、お嬢さん」

　儀左衛門が何か言う前に、おくめが弾んだ声を上げた。

「あたしは難しいことは分かりませんけど、『旬の幸』にすれば、秋以外でだって通じますし」

「いやいや、おくめちゃん。かささぎの橋は七夕にちなむものだから、秋にしか通用しませんよ」

　六之助が儀左衛門の顔色をうかがいながら言う。

「え、でも、かささぎってこのお店のことでもあるんですよね。それなら、いつの季節だってかまわないいんじゃありませんか」

　おくめがきょとんとした表情で言葉を返した。

「あのね、おくめ。俳句ってのは季節を大事にするものなの。季節を表す言葉を一つは入れるって約束もあるし」

「あ、そうだったんですか。あたし、よく知らないのに、余計な口を利いてすみません」

　おあさの言葉に、おくめがしゅんとなる。

「ふむ、まあ、おあさの言う通り、季重なりのことはうっかりしとった。ほな、この句は『旬の幸』でいこか」

「帰りましたら、さっそく字のきれいな奴に書かせて、お居間に飾らせましょう」

六之助が儀左衛門の意を迎えるように言って、四人がまたそれぞれ箸を動かし始めた時、喜八は四人分のご飯と茶碗蒸しを席へ運んだ。

「さあ、こちらもどうぞ」

それぞれの前へ茶碗を置きながら、「実は今のお話、聞こえちまいまして」と喜八は話をする。

「東先生のお作も、しっかりお聞きしました。『かささぎの橋を渡りて旬の幸』ですか。まったくうちの店のための一句じゃないですか」

「せや。ここの料理を食べて思いついたさかいな」

儀左衛門がわずかに胸を張って言う。

だが、喜八にとってはそれだけではない。茶屋の名である「かささぎ」はもともと喜八の父、大八郎が率いていた町奴「かささぎ組」から採っている。そして、大八郎とその子分たちはかつて暮らしていた神田の佐久間町で、町の人々と力を合わせ、神田川に橋を架けたという過去があった。通称「かささぎ橋」となったその橋は、公には「三倉橋」という名が付いているが、地元の人たちは元かささぎ組への慕わしさをこめて、今もかささぎ橋と呼んでくれているらしい。

そんな経緯があったから、喜八にとって「橋」は父につながる大事な思い出だ。

その思いが詰まったようなこの俳句を、できるなら店の中に飾らせてもらえないものか。

ふとした思いつきではあったが、そのことを口走ると、

「喜八さん」

おあさが生真面目な顔で言った。

「そういう大事なことは、ちゃんと話し合って決めなければ駄目よ」

「えっ、まあ、そうかな」

話し合うと言っても、よほどのことでもない限り、弥助と松次郎が喜八に反対することはない。また、この店の持ち主で、女将でもある叔母のおもんも、たいていのことは喜八の考えで進めていいと言ってくれている。仰々しく話し合いなどしなくとも……と思っていたら、

「そうよ。『役者に会える茶屋をつくる寄合』にちゃんと話を通してもらわなくちゃ」

と、おあさは人差し指を立て、澄ました表情で言った。

「あ、ああ。そうだったな」

こうしたことも例の寄合を通さなくてはならなかったのか。喜八の考えが甘かったようである。とはいえ、おあさはこの寄合の舵取り役、ここで言い争うつもりはない。

「何や。その長ったらしい名前の寄合は——」

儀左衛門が首をかしげている。

「そのことはこれからお話しするわ。とにかく、ご飯をいただきましょうよ」

と、おあさが言い、四人は再び食事に戻った。それから、秋茄子の煮びたしや里芋の煮物などを運ぶうち、一同の食事は進み、その間に、おあさは「役者に会える茶屋をつくる寄合」について、儀左衛門に話をしたようだ。

役者に会える茶屋をつくる寄合には、かささぎで働く者の他、おあさと佐久間町の古着屋「吉川屋」の若旦那である三郎太、旗本の中山勘解由が名を連ねている。

この芝居茶屋かささぎをもっと繁盛させ、いずれは大きな茶屋にしようという目的の下、結成された。発起人はおあさで、役者や芝居を身近に感じたいという客たちを茶屋に呼び寄せる計画である。

かささぎへ行けば、役者に会えて話もできる——となれば、芝居好きや役者目当ての女たちが店へ来るのは間違いないが、役者を客寄せに使うわけにもいかない。

そこで、本業の役者ではないが舞台に立ったこともある喜八と弥助が、まずは芝居の役に扮して客たちを楽しませることになった。そのためには、衣装を着て接待することが必要となるわけで、そこは三郎太が任せてくれと言っている。

とはいえ、店で運び役を務める喜八と弥助が、毎日役に扮するのも難しい。つまり、特別な日の催しとして、より効果をもたらす仕掛けが求められる。どの芝居のどの役に扮し、どんな料理を出すのか、そういう仕掛けについて考えるのは、通称「鬼勘」と呼ばれる中山勘解由の役目となっていた。

鬼勘は火付人(ひつけにん)を追捕(ついぶ)するお役目を担い、「鬼勘解由」と呼ばれた父と同じく、妥協しない取り締まりの厳しさで知られていた。町の治安を維持するためと称して、よく木挽町へやって来ては、芝居小屋を見回り、そのついでに茶屋かささぎにも寄っていく。

当初は、町奴の組頭の倅である喜八と、その周りにいる元町奴たちを見張ることを目的としていたのは明らかで、今も油断はしていないはずだ。だが、その思惑とは別に、松次郎の料理を気に入っており、本人もそう口にしていた。そして、かささぎを役者に会える茶屋にする計画については、わりと乗り気である。寄合の一員となったのは、おあさの口車に乗せられた感もあるのだが、今のところはこの顔ぶれで事を進めていた。

そうしたことを、食事をしながらおおよそ話し終えたおあさは、最後に付け加える。

「お父つぁんもこの寄合に名を連ねたいと言うのなら、考えてあげてもいいわよ」

四

結局、儀左衛門とおあさたちは暖簾を下ろすまで店にい続け、その後は喜八たちが夕餉(ゆうげ)を摂りながら、役者に会える茶屋をつくる寄合が開かれる形となった。

もともとこの寄合は人が集まった時に何となく始まり、その都度、思いつきを出し合っては、少しずつ話を進めていくものだ。この日は、儀左衛門の俳句をかささぎの店内に飾

らせてもらうことと、儀左衛門を寄合の仲間に加えることの是非を問う——ということだったが、喜八たちが席に着いた途端、

「あては寄合に加わるつもりはあらへんで」

と、儀左衛門は言い出した。

「おあさが舵取り役というやないか。そないな寄合に加えられたら、いいようにこき使われてまうさかいな。同じ理由で、六之助を巻き込むのもあかん」

「あら、六之助さんはもう仲間のようなものだったのに」

と、おあさは残念そうに言う。すると、「お嬢さん」とおくめが切実な声を上げた。

「あ、あたしは駄目でしょうか」

おあさの隣で目をぎゅっと閉じ、その返事を待っている。

「何を言うの、おくめ」

おあさは軽い笑い声を立てた。

「おくめは初めから入っているわ」

「そうだったんですね、よかった」

おくめは胸の前で手を合わせ、喜んでいる。

喜八は秋茄子の煮びたしに箸を伸ばした。薄味の煮汁がまろやかな秋茄子に染み込んだ煮びたしは、嚙むごとにじゅわっと煮汁が広がり、茄子の風味を引き立てている。さすが

は松つぁんだと、喜八は改めて目の前で黙々と飯を食べている松次郎に目を向け、ひそかに思った。

　舌の肥えたあの鬼勘も、この煮びたしはさぞや気に入るのではないだろうか。そんなことを考えながら、食事をしているうち、おあさと儀左衛門の話も進んでいく。

「ま、寄合に加わるつもりはないけど、知恵は出したるし、力も貸さんというわけやない。ついては、一つ案がある」

　儀左衛門はもったいぶった様子で言い出した。

「まずは、この長ったらしい名を何とかせなあかん。まあ、正式な名はこれでもええが、ふだん使うのは口からすっと出るような短い名が望ましい」

「でも、この名前には大事な要点がぜんぶつまっているし……」

　おあさは今の名前にこだわった。

「それなら、『かささぎ寄合』がいいですよ」

　おくめが声を弾ませて言う。

「それじゃあ、『役者に会える茶屋をつくる』っていう目的が一文字も入っていないわ」

「かささぎさんのための寄合なんだから、問題ありませんって」

　長々しい名前よりはその方がよいと、皆がおくめに賛同したため、以後はかささぎ寄合と呼ぶことに決まった。

「次は、いよいよお披露目やな。聞いたところでは、菊の節句の日に合わせるそうやないか。ついては、あての書いた『菊慈童花供養』のせりふを使わせてやってもええ」

儀左衛門は何と、おあささえ置き去りにして話を進めていく。

「先生の新作ではございませんか。来る九月に初めて山村座でかけるという」

六之助が目を剝いた。

「せや。その主役たちのせりふを九月九日に、このかささぎで使うことを特別に許したるというのや。かかってる芝居と同じもんが茶屋で見られるとなれば、評判を取ること間違いなし」

儀左衛門は自信満々である。

「その時、芝居小屋でかかってるお芝居を見せる……確かにお客さんを惹きつけるかもしれないわね。見たばかりの人は喜ぶでしょうし、これから見る人への案内にもなる」

おあさは真剣な表情で考え込み始めた。

「あの、演じるとか見せるとか言うけど、俺たちはちょいとせりふを言うだけなんだよな。そもそも、この狭い店の中じゃ、立ち回りなんてできるはずもないし」

喜八が少し不安になって確かめると、「ええ、そうよ」とおあさは大きくうなずき返した。

「ちょっとしか見せないのが大事なところ。人は少し見ると、続きが見たくなるものだから」

そうなると、山村座と連携して事を進めるのがいいだろう。山村座が力を貸してくれれば、事前に衣装を見せてもらえるかもしれないし……。などと、おあさは一人でぶつぶつと呟き出した。

「ま、山村座にはあてから話を通したる」

儀左衛門がどんと胸を叩いて言う。確かに、狂言作者の儀左衛門が口を利けば、よほどのことでもない限り、話は通るだろう。その上、山村座の人気の女形、藤堂鈴之助は喜八の義理の叔父だ。このかささぎ寄合の件では力を貸してくれると言っていたし、話はまとまりそうである。

その時、「ところで、東先生」と、それまで黙っていた弥助が口を開いた。

「その『菊慈童花供養』とはどういった筋書きなのでしょう。そもそも、この茶屋でちょいとせりふを言うだけで、お客さんを喜ばせられる芝居なのですか」

「ふむ。新作やさかい、弥助はんが心配するのも道理や。これは、能の『菊慈童』を元にしてるのやけど、その話は知ってはるか」

儀左衛門が弥助に目を向けて問うた。

「確か、菊慈童という不老不死になった少年の話だったと思いますが」

相変わらず、弥助は喜八の知らないことをよく知っている。

「せや。昔々、周という国の穆王に仕えてた少年の話や」

ある時、慈童という少年が、誤って王の枕をまたいでしまう。これは重罪であり、慈童は流罪に処せられることになった。穆王から渡された枕を手に流罪先へ赴いた慈童はその地で、枕に書かれていた経文を菊の葉に書き写す。すると、菊の葉からしたたり落ちてきた露が不老不死の薬となって、慈童は永遠の命と若さを手に入れたというのだ。

「能では、菊慈童がめでたい舞を舞う見せ場があるんやけど、この伝説だけでは筋書きとして面白うないからな。あては穆王を女の王ということにして、菊慈童との愛憎を描いたのや」

「それはまた、ずいぶん元の話と違った色合いになりそうですが」

「せやけど、芝居には女形の見せ場も作らなあかんさかい。鈴之助はんなら、穆王のおごり高ぶったいやらしさと悲しい色気を、ええ塩梅に演じてくれると思うとる」

「へえ、叔父さんが女の王をねえ」

異国の女王とはどんな格好なのだろう。今思い描くことはできないが、鈴之助がその装いに身を包んだら、さぞかし豪華になるだろうと想像はつく。

「ま、台帳は近いうちにお披露目しまひょ。まだかかってない芝居やさかい、山村座の許しはもらわなあかんけどな。あても忙しゅうなるが、なに、今までみたいに夕方以降なら、若旦那と弥助はんの稽古に付き合うこともできる」

若旦那が菊慈童で、弥助はんが穆の女王か、いや、反対の方がいいか——儀左衛門は真剣に悩み始めた。

「おい。たった一言か二言のせりふを言うだけなのに、そんな大掛かりな稽古が必要だと思うか」

喜八は弥助に問うた。

「まったく思いませんね」

案の定、弥助の冷えた声が返ってきた。菊慈童のことで頭がいっぱいの儀左衛門とおあさは放っておき、

「ところで、松つぁんは今の話から九月九日に出す料理の案はできたか」

と、喜八は松次郎に目を向けた。

九月九日は重陽（ちょうよう）の節句で菊の節句ともいう。長寿を願って菊酒を飲む風習はよく知られているが、せっかくだから松次郎には特別な料理を考えてほしい。

「やはり、菊を思わせる料理でしょうな」

食用菊もあるので、それを使うという手もあるが、他にも考えてみたいと松次郎は言った。

「まあ、『かささぎ寄合』の初仕事にもなるわけだから、少し目立つ特別な料理がいいよな」

喜八の言葉に、「考えてみやしょう」と松次郎はうなずいた。その後、

「それじゃ、山村座に話を通さなきゃ先の話はできないから、いったん寄合はお開きでいいでしょうかね」

と、喜八が言うと、儀左衛門とおあさも顔を上げ、皆、それぞれうなずいた。

「実は、皆さんにお訊きしたいことがあるんです。菊若水という名前の化粧水を知っていますか」

喜八は化粧水売りの久作の話と、その化粧水を買ったお菊と連れの喜八の話をした。

菊若水という化粧水について聞いたことがある者は、その場にはいなかった。

「近頃、新しい化粧水が流行っていると聞いたことがあるわ。でも、菊じゃなくて、へちまだか胡瓜だかを使ってたはずだけど」

と、おあさは首をかしげている。

「菊若水も菊を使ってるかどうかは分からないけどな」

お菊から化粧水の素材については聞いていない。そのことを喜八が言うと、

「菊若水という名がついとるからといって、菊を使てるとは限らんやろ」

と、儀左衛門は言った。

「菊慈童の逸話もそうやけど、菊といえば不老不死。それにあやかっての命名ってとこやないか」

「まったくです。昔は菊の花に綿をかぶせて、そこについた露で肌を拭き、老いを拭い取るという風習もありましたからね」

と、六之助も言った。

そもそも、菊はめでたい花とされ、花そのものの美しさや華やかさもあるから、化粧水の名前として使うにはもってこいなのだそうだ。

「それにしても」

と、儀左衛門がさらに続けて言う。

「化粧水の中身はさておき、売り方が胡散臭いと、あては思うたけどな」

「実は俺も、です」

喜八は思わず、儀左衛門の方へ身を乗り出した。

「別にお客さんを騙しているわけじゃないと思うんですが、何か引っかかって」

「せやな。今の話だけなら、ご法度を犯してるわけやないんやけど……」

儀左衛門が難しい表情になっている。

「新たに客を連れてこさせるという手法が気になるのかもしれん。その久作という男はいかにも人好きのする感じやったか」

「そうですね、今お話ししたお菊さんを相手にしている時は、やたら愛想よく見えましたけど」

喜八に続いて、弥助も口を開いた。

「それに、顔立ちも整っていましたね。若ほど人目を引く感じではないんですが、色男でしたよ。ちょっと崩れた感じの華奢な男で……」

喜八は久作をそこまで近くで見ていなかったが、直に案内したり金を受け取ったりした弥助はさすがによく見ていた。それを聞いた儀左衛門の表情がまずます険しくなる。

「化粧水の客は女子衆やろし、色男が売り歩いてるとなると……」

「先生がお気になるのであれば、皆に声をかけて訊いてみましょう。知っている者もいるかもしれませんし」

六之助が弟子の皆に確かめることを約束した。

「あたしも調べてみるわ。あたしなら化粧水を買うって言えば、難なく近付けると思うし」

と、おあさも言い出した。

台帳を書く儀左衛門とその弟子たちは、日頃から町で起こる事件やら噂話やら、話の種を拾い集めている。おあさもそうしたことに長けていたから、何か怪しいことがあれば気がつくはずだ。

「ありがたいですが、くれぐれも気をつけてください」

喜八は特におあさを見ながら言った。話の種集めという目的のためとはいえ、おあさが久作に近付くのは、あまり面白い想像ではない。

（そんなに色男だったか？　あの化粧水売りの男――）

もやもやした気分が胸の中でだけ言葉となった。

五

翌日、おあさとおくめは昼餉の頃、かささぎにやって来た。

「昨日食べた茸と生姜の衣揚げがまた食べたくなっちゃって」

と、おあさは笑顔で言う。

「それに、化粧水売りが今日も来るかもしれないでしょ」

来たら教えてちょうだいと小声で言い、おあさとおくめは食事を始めた。食後は甘酒を頼み、そのまま席を立たずに待つ様子である。その時にはすでに昼の書き入れ時を過ぎていたため、席にも余裕はあった。

そうこうするうち、待っていたのとは別の人物が店へ現れた。

「あ、お菊さんに喜八さん」

喜八はすぐに気づいて声をかけた。ただの世辞ではなく、本当に来てくれたとはありがたい。

喜八はお菊たちを、おあさの隣の席へと案内した。

「今日は、堺町へお芝居を見に行かれたんですか」

「ううん。今朝はお芝居って気分じゃなかったから、やめちゃった。日本橋の呉服屋からの帰り道よ」

お菊は相変わらず、何事も常に自分の気の向くまま、というようだ。そして、相変わらず連れの喜八は無口であった。

「今日は何にしましょう」

尋ねると、生姜の衣揚げ以外は適当に見繕ってくれという返事である。そこで昨日とは少し趣向を変えて、舞茸としめじの煮びたし、しっとりと柔らかな秋茄子の田楽(でんがく)を勧めてみた。お菊がそれでいいと言うので、ご飯と味噌汁、茶碗蒸しも合わせて注文を受け、喜八はいったん調理場へ下がった。それから、麦湯を持ってお菊たちの席へと引き返し、

「そういえば、昨日、お買いになった化粧水はいかがでしたか」

と、さりげなく尋ねてみる。お菊はぱあっと明るい表情になると、

「それがね」

と、うきうきした調子で語り出した。

「思っていた以上にいい品だったわ。へちまから採れる水がいいとか聞くんだけど、自分で作るのなんて面倒だし、ちょうどよかった。せっかくだから、帰る前にもう一本買って

いくつもりよ」

　これからは、切らしたら喜八に買いに行ってもらおうかしら——とお菊は呟いている。聞こえていないわけではなかろうに、真間村の喜八はまったく動じていなかった。

「ねえ、喜八さん」

　予想通り、ここでおあさから声がかかる。通路に立っていた喜八は振り返り、お菊には気づかれぬよう、目と目で合図を交わした。

「今、菊若水と聞こえたのだけれど、そちらの方は菊若水をご存じなのかしら。もしよろしければ、引き合わせてくださいませんか」

　おあさが無邪気な様子で言った。

「あたしも買いたいんだけれど、売り手が見つからなくて困っていたの」

　おあさの声はもちろん、お菊にも聞こえている。

「あら、そちらの方は菊若水をお求めになりたいんですか」

　と、お菊が喜八に声をかける。

「ええ、そうみたいです。お菊さんは昨日の化粧水売りの久作さんでしたっけ、あの人の居場所を知っているんですか」

「まあね。また買いたくなったら、昼過ぎに山村座の前に来な、と言われたわ。毎日というわけでもないけど、そこで商いをしていることが多いからって」

「そりゃあ、よかった。おあささん、聞いただろ?」

喜八が明るい声をおあさに向けると、おあさはうなずいた。

「ええ。これで、あたしも評判の菊若水を買えます。どうもありがとうございました」

と、話がついたところで、「そういや」と喜八が思い出したようにぽんと手を打つ。

「お菊さんは新しいお客さんを連れていったら、次に買い物をする時、値引きしてもらえるんじゃありませんか」

どうせならお菊にもいい思いをしてもらおうと、喜八は言い添えたのだが、お菊は何の話かとばかり首をかしげている。

「ほら、昨日話してくれたじゃないですか。新しいお客さんを連れていったら、百六十文の化粧水を百五十文で売ってもらえるって」

喜八が細かく説明すると、お菊はようやく「ああ」と合点がいった様子でうなずいた。

「十文くらい、別にどうでもいいわ」

と、お菊は言う。

「あら、十文でも安く買えるなら、その方がいいですよ」

おあさがすかさず言い、「喜八さんもそう思うでしょ」と訊いてきた。

「ああ、もちろん。お菊さんはもう一本買うつもりなんですよね。よかったら、おあささんを連れていってあげてください」

喜八が勧めると、お菊は少し思案する顔つきになった。

「そうねえ。今日はうちの喜八を買いに行かせて、あたしはここの茶屋で待たせてもらおうかと思ってたんだけど、おあささんを久作さんに引き合わせるなら、あたしが出向いた方がいいわよね」

お菊はちらと連れの喜八の方を見やり、「昨日の化粧水売りがこの喜八を覚えているとは思えないし」と聞こえよがしに呟く。真間村の喜八は表情を変えはしなかったが、少し肩身が狭そうに身を縮めた。

「まあ、そちらのお連れさまも、喜八さんとおっしゃるんですか」

お菊の連れの喜八については、昨日のうちにおあさにも話していたが、何も知らぬふうを装っている。

「そうなのよ。こちらの若旦那さんとはずいぶん違うでしょ？」

お菊はおあさに同意を求めたが、さすがに「はい、そうですね」とは言えないだろう、おあさは気まずそうに口をつぐんでいる。

「それじゃあ、おあささん。もしあたしが食べ終わるまで待っていただけるなら、ご一緒しましょうか」

お菊が言い、おあさは「はい、お願いします。いくらでもお待ちしますから、どうぞごゆっくり」と笑顔で返した。

こうしてお菊がおあさを連れて、久作のもとへ案内するという話は無事にまとまった。それを見届けてから、喜八がしばらく他の客の相手をしているうちに、お菊たちの注文の品も出来上がる。「お待ち遠さま」と喜八が席へ届けるのを待ちかねた様子で、お菊が笑顔になった。

「いただきます」

お菊は潑溂と、一方の喜八はぼそぼそと言ってから、箸を手にした。二人とも昨日よほど気に入ったのか、真っ先に生姜の衣揚げを口に運ぶ。

「ああ、さわやかだこと。これをもう一度、味わいたかったのよ」

お菊はにこにこしながら口を動かしていたが、連れの喜八の方は相変わらず表情を変えない。だが、お菊に勝る速さで、次々に衣揚げを口に運んでいるので、料理は気に入っているのだろう。

「このおひたしもいいお味ね。若旦那さんに見繕ってもらってよかったわ」

話し相手にならない連れは無視して、お菊は喜八ににこにこしてみせる。喜八も愛想よく微笑み返し、「どうぞごゆっくり」と言って席を離れた。

その後、お菊は食事を楽しみながら、おあさとも言葉を交わし、親しくなったらしい。

やがて、食事を終えて一息吐くと、お菊とおあさは連れ立って山村座まで出向くことになった。おくめと真間村の喜八もついていくという。

「また改めて、お知らせしに来ますね」

と、おあさは小声で喜八に告げた。

真間村のお菊と喜八は明日には江戸を発つそうだが、

「また、すぐに来るわ」

と、お菊は当たり前のように言った。梨の収穫が終わってから冬の間は、農家の仕事も少なく、わがままを聞いてもらいやすいのだそうだ。

「次に江戸へ来た時にも、こちらの茶屋に寄らせてもらうから」

「そりゃありがたい。どうか、お菊さんも喜八さんもかささぎをお忘れなく」

お菊と連れの喜八を交互に見ながら挨拶する。お菊からは「もちろんよ」とすぐに返事があったが、真間村の喜八はこの時ものっそりとうなずいただけであった。

お菊はそんな連れをどこかもどかしそうな、腹立たしげな目で見ていたが、すぐに目をそらすと、「それじゃあ」と喜八と弥助に挨拶し、おあさと連れ立って芝居小屋の方へ歩き出した。その二人の後ろを、おくめと真間村の喜八がついていく。

「いやあ、お菊さんって連れの喜八さんにはきついんだよなあ」

四人の背中が遠ざかったところで、喜八は思わず呟いた。

「まあ、お家もお金持ちなようですし、器量もいいですからね。ああなるのも道理でしょう」

弥助は分かったふうなことを言う。

その後、喜八と弥助は店に戻ったが、休憩まであと少しという時刻であったから残っていた客も少ない。しばらくすると、客もすべていなくなったので、弥助は暖簾を下ろした。

「お菊さんとおあささんは化粧水を買えたのかね」

店の片付けを済ませ、自分たちの昼餉の支度をしながら、喜八は弥助に話しかけた。お菊の話では、久作は昼過ぎに山村座の前にいるとのことだが、一口に昼過ぎといっても、ずっといい続けるわけでもないだろう。

「お菊さんは明日には江戸を発ってしまうんですよね。今日のうちに久作さんに会えればいいですが」

弥助は松次郎の作ってくれた握り飯と味噌汁、衣揚げの皿をてきぱき運びながら言う。

「久作さんがいなけりゃ、あのお菊さんのことだ、連れの喜八さんをその場に残していくんじゃねえか。化粧水を買うまで帰ってくるなとか何とか言って」

「ああ、いかにも言いそうですね」

さして関心のなさそうな様子で、弥助は受け流す。

「お前、あの喜八さんのこと、気の毒だと思わねえのか。俺は同じ名前のよしみもあって、かわいそうでならねえよ」

喜八が嘆息すると、弥助は皿を並べていた手を不意に止め、喜八の顔をまじまじと見つめた。

「若は、あの人が気の毒に思えるんですか」

「ああ。いくら名主の家の娘でも、あんな物言いをされちゃ、やってられねえ時もあるだろ。けど、真間村の喜八さんは文句の一つも言わないんだぜ」

「そりゃあ、文句がないからじゃありませんか」

「文句がない？　あんだけの物言いをされて？」

喜八は目を大きく見開いた。弥助は思い出したように手を動かし、やがてすべての品が調ったところで、二人は「いただきます」と慌ただしく食事を始める。

それぞれ握り飯を一つ腹に収めたところで、「さっきの話ですが」と弥助が言い出した。

「真間村の喜八さんは、お菊さんのことがお好きなんですよ。二人きり……かどうかは分かりませんが、いずれにしても二人の江戸行きを双方の家が認めているということは、許婚（いいなずけ）同士なのかもしれませんね」

「許婚……ねえ」

それはあるかもしれないな、と喜八も思う。そして真間村の喜八がお菊を憎からず思っている、ということもありそうな話であった。少々気は強すぎるが、お菊は美人だ。まして名主の家の娘とあれば、親しくなりたいと望むのも道理であろう。だが、どんなに好ましい娘でも、あんなあしらいをされ続ければ、恋の熱も冷めるというものではないのか。

「あれで案外、お菊さんも喜八さんを憎からず思ってるんじゃないですかね」

突然、弥助が言い出したので、喜八は口に含んでいた麦湯を吹き出しそうになった。

「いやいや、それはないだろ。お前は、お菊さんのどこを見て、そう思ったんだよ」

麦湯をごくんと呑み込んでから、喜八は訊いた。

「そりゃあ、何のかのと言いながらも、一日中顔を突き合わせていられるからですよ。顔を見るのも嫌な相手とそんなことはできないでしょう」

弥助は平然と言い、淡々と残り物を片付けていく。

「それは、そうかもしれないけどなあ」

一緒にいるのが嫌だから、ああしていつも当たり散らしているのではないだろうか。喜八は二つ目の握り飯の残りを口に放り込み、考え込む。

弥助の言い分は一理あるようにも思いつつ、容易に納得することはできなかった。

(こいつは何でもよく知ってるし、勘もいいけど、女心についても心得があるとは限らねえしな)

喜八は胸の内でこっそりと独り言ち、油揚げの味噌汁を一気に飲み干した。

六

菊若水を売る久作との顛末(てんまつ)について、喜八たちがくわしい話を聞けたのは、その日の夕方、再びおあさが現れてからのことであった。

この日は、九月の演目のことで芝居小屋へ出向いている儀左衛門は来ず、六之助だけがおあさとおくめに同伴していた。

「あれ、昼も来てくれたのに、夜もいいのかい?」

喜八が尋ねると、菊若水のことも話したくて来たのだと、おあさは答えた。

「それに、ここのお料理を昼も夜も食べられるのは、ありがたい限りよ」

おあさは喜八たちを喜ばせることを言い、おくめと大きくうなずき交わしている。

「それじゃあ、おあささんたちはお昼とは少し違った料理がいいよな」

喜八はおあさたちに付き添い、注文の品を選ぶのに付き合った。昼は二人とも茸のご飯を頼んでいたので、今度は塩味の利いた豆のご飯にすると言う。

「衣揚げはお昼に食べたから」

お菜には揚げ出し豆腐と里芋の餡(あん)かけ、秋茄子の煮びたしを頼んだ。

六之助は「生姜と茸の衣揚げをたっぷりお願いします」とのこと。

ややあってから、衣揚げがまず出来上がり、六之助のもとへと運ぶ。しばらくしてから、おあさとおくめたちの料理も調った。

「あ、この里芋、衣をつけて揚げてあるのね」

おあさは初めて頼んだ料理に目を輝かせている。里芋の餡かけは、里芋に粉をまぶして揚げ、それに葛の餡をかけたものだ。

「いただきます」

と、真っ先に里芋を口に運んだおあさは、一口齧った後、目を見開いた。その目を細め、じっくり味わうように噛み締めた後、ごっくんと呑み込んでから口を開く。

「葛の餡の味わいがとても優しいわ。それに、里芋の衣の歯触りがしっかりしていて、一口で違った食感が楽しめるなんて」

「お芋にもしっかり味が染み込んでいて、とっても美味しいです」

おくめもにこにこしている。

そんなやり取りを見聞きしていた六之助が追加で里芋の餡かけを注文し、食事の時は和やかに流れていった。おあさは化粧水の話をするのは暖簾を下ろした後と決めているのか、三人は当たり前のように最後まで居座っている。

他の客がいなくなってから店を閉めると、喜八と弥助、松次郎は空いている客席に料理を並べ、夕餉を摂ることになった。その横で、おあさが久作から化粧水を買った時の話をする。

「お菊さんが言っていた通り、久作さんという人は山村座の前にいたわ」

「それじゃあ、菊若水は手に入れられたんだね」

喜八の問いかけに、おあさは「ええ」とうなずいた。

「きれいな薄黄色の陶器に入っていて、ひと瓶百六十文もするんだけれど、飛ぶように売れていたわ。皆、知り合いを連れて、一緒に買いに来ていたみたい」

「それは、前に買った人が知り合いを案内してたってことだね。お菊さんがおあささんを連れていったみたいに」

「そうだと思うわ。で、新しいお客は必ず買い物をするけど、前のお客ももうひと瓶追加で買うでしょ。その人は十文値引きしてもらえるわけだし。ああ、もちろんお菊さんももうひと瓶買っていたわよ」

久作は陶器入りの化粧水を多く用意していたが、中には前に買った時の陶器を持参してくる客もいて、そんな客には久作がその場で中身を入れ、百文で売っていたそうだ。

「しかし、陶器込みとはいえ、百五十文から百六十文とはそれなりに高値ですなあ。それが飛ぶように売れているとは……」

六之助はおあさの話に感心した様子で言う。

「きれいになりたい女子衆の願いと欲に限りはないということでしょうか。いや、この話、芝居の筋書きに使えるんじゃないか……」

最後は独り言になって、ぶつぶつ呟いている。

「まあ、きれいになりたいって欲も確かにあるでしょうけれど、中には化粧水そのものより、久作さんの気を引きたくて買いに来てる人もいるように見えたわ」

きれいになりたくて化粧水を買いに行ったわけでないおあさは、その機をとらえ、なかなか注意深く観察してきたようであった。

「久作さんの気を引きたくて……?」

「ま、昨日も言いましたけど、色男ですからね。愛想もいいですし」

と、弥助が横から淡々と言う。

「お客さんの中には、久作さんに明らかにすり寄っているような人もいたわ。新しい客を連れてきたから、今度舟遊びに連れていってだの、紅葉(もみじ)狩りに行きましょうだの、そんな話までしていたもの」

「なるほど。確かに、化粧水より、久作さん目当てのように聞こえるな」

「そういう話を久作さんから持ちかけることもあったわ。お菊さんも言われていたのよ」

「え、どんなことを?」

喜八は聞き流せない気分で訊き返した。

「もう一人、新しい客を連れてきてくれたら、次はお菊さんの行きたいところ、どこにでもお付き合いしますよって」

「何だって」

ふつうに遊びに行こうと誘ったのであれば、ここまで驚いたりはしなかった。久作の発言のどこが悪いとは言えないのだが、何かが引っかかる。気づけば、六之助も弥助も、日頃無口な松次郎さえ、複雑な表情を浮かべていた。

「それで、お菊さんは何と答えたんだ？」

「答えたのは、お菊さんじゃなくて、お連れの喜八さんよ」

おあさは楽しげな口ぶりになると、傍らのおくめと顔を見合わせ、ふふふっと笑った。

「すごかったんです、真間村の喜八さん」

おくめが少し昂奮（こうふん）した様子で口を挟んだ。おあさが「おくめから話してあげて」とその場を譲ったので、おくめは張り切って話し始める。

「久作さんが『お菊さんはどこに行きたい？』ってお菊さんの手を取ろうとした刹那（せつな）、真間村の喜八さんがささっと前へ飛び出して――」

おくめの気合のこもった話し方は、何やら辻講釈（つじこうしゃく）でも聞いているかのようだ。しかし、とりあえず誰も茶々を入れず、おくめの話したいように話させる。

その時、おくめは掌（てのひら）を外に向ける格好で、右腕をぐいっと前に伸ばすと、

「『お嬢さんは明日には江戸を離れる身ゆえ、あなたと出かけることはありません』と言

ったんです」

と、少し息を弾ませながら、話を終えた。

その長ぜりふをあの真間村の喜八が言ったのか——と首をかしげたくなる。

「ちょっと、おくめ。話を大きくしすぎでしょ」

さすがに、おあさが指摘した。

「あれ、そうでしたっけ」

おくめはその自覚もなかったらしく、首をかしげている。

「真間村の喜八さんは確かに前に飛び出したし、おくめが言ったようなことを口にしたけれど、あーとかうーとか、ずいぶんしどろもどろだったじゃないの」

「それ、あたしがそのまま言わなきゃいけないんですか？」

おくめがめずらしく、おあさに言葉を返した。

「そういうわけじゃないけど、『江戸を離れる身ゆえ』はないわ。お父つぁんの書くお芝居のせりふじゃないんだから」

「……そ、それはそうだったかもしれません」

というような、おあさとおくめのやり取りまで、喜八たちはそのまま聞かされたが、要するにせりふはともかく、おくめの言う通りのようなことがあったらしい。

「それで、どうなったんだい？　お菊さんがかんかんになって怒ったとか？」

喜八が先を促すと、

「ううん、お菊さんは怒ったりしなかったわ。むしろ、不機嫌になったのは久作さんの方かな」

と、おあさは言った。

「お嬢さんのおっしゃる通りです。久作さん、急に愛想が悪くなったんですよ。『ああ、そう』とだけ言って、真間村の喜八さんがお金の支払いを済ませると、お菊さんにはもう見向きもしなくなりました」

と、おくめも言い添える。

「あたしたちも買い物を済ませた後は、お菊さんと一緒に脇の方へ追いやられちゃいました。お客さんの中には、ずうっと久作さんのそばから離れずに、長々としゃべり続けているような人もいたんだけど」

「へえ、そりゃ、化粧水の客っていうより、まるで人気役者の取り巻きみたいだな」

喜八があきれた気分で言うと、

「そうね。確かにそんな感じに見えたかも」

と、おあさは久作の様子を思い返すふうな表情で呟く。

「ところで、菊若水とやらは使ってみたんですか。お菊さんは悪くないと言っていたようですが」

弥助がおあさに目を向けて尋ねた。

「あ、それなら」

おあさは我に返った様子になり、おくめと目を見合わせた。

「さっそく、おくめと二人で使ってみたんです。あたしは悪くないと思ったし、おくめもそうよね」

「はい。いい香りがして気持ちがよかったです」

おくめは笑顔で言う。おあさは前にへちま水を使ったことがあるそうだが、それに近い感じがしたそうだ。とはいえ、ただのへちま水とは違うようで、独特のよい香りがしたのは本当だとも言う。

「そういうことなら、化粧水の品質は悪くないんでしょうね。売り方が胡散臭いのは、東先生のおっしゃる通りですが……」

冷静に言う弥助の言葉に、喜八はうなずいた。何か引っかかるものの、法に触れるのかどうかもよく分からない。ただ、今の話が芝居作りに使えそうだと思うのか、六之助が昨日以上の熱心さで、もう少し調べてみると言い出した。

「それじゃあ、何か分かったり、問題が起こったりしたら、俺たちにも知らせてくれ」

と、喜八は六之助とおあさに頼み、化粧水の話は終わった。

「ところで、若旦那」

と、六之助が話を変える。

「九月九日の菊の節句で特別なお料理が出されるのは決まりのようですが、その前には中秋がありますよ。その日も、特別な趣向をお考えですか」

「そういや、来月の十五日が中秋だったな」

喜八は思い出したように膝を打った。七夕の節句が終わったばかりと思っていたが、八月十五日はやはり年中行事として欠かせない。

「松つぁん、何か出来ないかな」

と、料理人の松次郎に問えば、

「……中秋に見合った料理ならいくつか思い当たりやすが」

と、おもむろに応えが返ってくる。

「そうだよな。役者に扮して接待はできないと思うけど……」

「そっちは九月九日の初お目見えでいいと思うわ」

喜八の呟きに、おあさがすかさず言った。

「じゃあ、そういうことで、中秋は料理だけ特別なのを出そう」

と、喜八もすぐに決めたが、その料理をこれから考えなければならない。中秋といえば、お月見。お月見といえば、月見団子。ここまでは誰でも思いつくことだが、

「月見団子をそのまま出しても芸がないしな」

と、喜八は呟く。そもそも、かささぎは菓子より料理を売りにする茶屋だ。

「吸い物に団子を入れるって手もありやすが」

松次郎が言うと、

「こちらの吸い出汁はとてもいいお味だし、そこに入ったお団子は夜空のお月さまみたいでしょうね」

と、おあさがはしゃいだ声で続いた。

「中秋には里芋を供える風習もありますし、里芋なら煮物から揚げ物まで、松のあにさんの腕を生かしてもらえるのでは？」

弥助の言葉に、喜八が「そうだな」と大きくうなずくと、

「里芋を使った団子も作れますな」

と、松次郎はさらに先を行く献立を考え始めているらしい。

どうせなら、松次郎が料理の腕を生かせるものがいいし、客に中秋の風情をより特別に感じてもらえる料理がいいだろう。

「ま、まだ暇もあるし、おいおい考えていこう」

と、最後に喜八は言った。

「中秋のお料理のこと、先生にもお話ししておきますよ」

と、六之助が言い添える。確かに、これまでも儀左衛門に案を出してもらって、新しい

特別な一日限りの献立で好評を得てきた。今度も、儀左衛門には相談に乗ってほしいと皆で言い合う。

「それじゃ、近いうちにまたお越しください」

帰っていく三人を、喜八たちは外まで見送った。

七月下旬の夜空はよく晴れていたが、月はまだ昇っていない。代わりに、星が明るく瞬(またた)いていた。

第二幕　役者と贔屓筋

一

鬼勘こと中山勘解由が配下の侍たちを引き連れ、茶屋かささぎに現れたのは、七月も残すところ五日という日であった。

「いやはや、すっかり秋めいてまいったことよ」

暑さの厳しい頃は汗をかきかき飛び込んできたものだが、この日はゆったりとかまえている。正午より少し前の時刻だったので、店の中もまだそれほど混み合っていなかった。

「ほほう。『かささぎの橋を渡りて旬の幸』とは誰の句かね」

品書きの横に貼り出してある一句に目を留め、鬼勘はすかさず喜八に尋ねてくる。

「東先生がここでお詠みになったものです。書はお弟子さんですが」

儀左衛門が句を詠んだ数日後、六之助が持ってきてくれたものだ。ありがたく品書きの横に貼らせてもらったのだが、なかなかの達筆でけっこう目立つ。

「ふむ。悪くないな」

句に対してか、手蹟(て)に対してか、そう評した鬼勘は席に座るなり、

「さて、秋の新しき料理など、堪能させてもらおうかね」

と、期待のこもった眼差(まなざ)しを喜八に向けてきた。

配下の侍たち二人も、弁当を振る舞われたり、鬼勘のお相伴(しょうばん)にあずかったりと、かささぎの料理に触れる機会が多かったためだろう、今ではすっかり馴染(なじ)み客のような顔で品書きを眺めている。

鬼勘は自ら品書きを読むことはせず、喜八に見繕ってもらうつもりのようだ。

「えー」

喜八は軽く咳(せき)ばらいをした後、お勧めの品を口にした。

「この時季はやはり、茸(きのこ)を使ったものなどいかがでしょう。茸尽くしの衣揚げやしめじのご飯、味噌汁(みそしる)も舞茸(まいたけ)、えのき、なめこなどでお出ししております。中山さまは茄子(なす)がお好みでしたので、夏の頃の焼き茄子とは趣向を変えて、秋茄子の揚げびたしや煮びたしなどもお勧めですね。他に人気の品といえば、生姜(しょうが)の衣揚げや里芋の煮つけ……」

鬼勘が来たら、あれもこれも勧めてやろうと考えていたせいか、口が止まらない。

「これこれ」

途中で、鬼勘から遮られてしまった。

「一度にすべては食べ切れぬ。私は茸尽くしと生姜の衣揚げとなめこの味噌汁をもらおう。ああ、秋茄子の揚げびたしもな。飯は白飯にする」

鬼勘が注文をした後、配下の侍たちも鬼勘に言われて、それぞれの料理を注文する。二人ともお菜は鬼勘と同じものにし、ご飯と味噌汁だけはそれぞれ好みのものにしたようだ。

「ちと若旦那に訊きたいことがある。体の空いた時に来てもらえるとありがたい」

喜八が下がっていこうとすると、鬼勘から声をかけられる。これもいつものことだ。鬼勘がかささぎの料理を気に入っているのは事実だが、探索がらみで来ることも多い。

「分かりました」

喜八としても、鬼勘の仕事に力を貸すのはやぶさかではなかった。無茶な注文をされることもあるが、喜八の仕事を妨げぬよう配慮もしてくれる。ただし、これは喜八とその仲間が事件に関わっていないことが前提で、いつぞやはあろうことか、料理人の松次郎を犯人と勘違いし、店の内外で大騒動になったこともあった。

とはいえ、後に誤解であったと分かり、今や鬼勘は松次郎の料理の贔屓筋といったところだ。

調理場へ下がった喜八は注文の品を松次郎に伝えると、麦湯の用意を調えつつ、弥助が来るのを待った。

「若、大事ありませんでしたか」

暖簾をくぐった弥助はさっそく声を落として尋ねてくる。

「ああ、いつもと同じさ。鬼勘は俺に訊きたいことがあるんだそうだ。長くはかからないだろうが、他のお客さんのことは頼むぞ」

「はい。ただし、何かあったらすぐに声をかけてください。面倒くさそうな話なら、この俺を通すようにと言って逃げるのも手です」

弥助は真剣な表情で注意をしてくる。相変わらずの心配性だ。

「まあ、今の鬼勘はそう心配することもないと思うけどな」

「いや」

突然、低くどすの利いた声が奥の方から聞こえてきた。弥助より先に口を開いたのは、今も包丁を動かしている料理人の松次郎だ。

「鬼勘に油断はいけませんで」

まな板の上の生姜から目をそらさずに言う松次郎の声には迫力がある。

「お、おう。前にも、松つぁんに注意されたことがあったな」

かつて松次郎が鬼勘に疑われたのは、その幼い息子の乙松が奉公する店で金が奪われた際のことであった。自分が疑われただけでなく、大事な倅まで疑われて、つらい目に遭ったという事情もあり、松次郎が用心深くなるのは道理であろう。鬼勘が松次郎の料理を気に入っているのとは別のことだ。

「そうだな。俺も気をつけるよ」

喜八は反省し、気を引き締めた。この茶屋を預かる身としてはもちろんだが、元かささぎ組の親分の倅としても、皆を守っていきたいという気概を持ち続けていたい。

喜八は気持ちも新たに鬼勘たちの席へ麦湯を運んだ。続いて、弥助が調理場から出てきたのを横目でとらえつつ、

「お話とやら、今ならお聞きできますが」

と、鬼勘に切り出した。

「そうか。若旦那も忙しいだろうから、手早く済ませよう」

鬼勘は言い、すぐに本題に入った。

「実は、とある薬売りのことを聞きたい。といっても、専ら菊若水という化粧水を売っている男なんだが……」

「あっ」

思わず喜八は声を上げてしまった。

「知っているのか」

「久作さんのことでしょ。この店でも若い娘さんに化粧水を売りつけていました。五日ほ

ど前のことです」

喜八は、お菊が久作から菊若水を買った日のことを思い返し、早口で説明した。

「何と、この店の常連だったのだな」

鬼勘の方も思いがけぬ手がかりの糸を見つけ、前のめりになっている。

「いや、いらしたのは一度だけですよ。接客したのは弥助なんで、話を聞きますか」

「うむ。ぜひとも聞きたい」

と、鬼勘が言うので、喜八は弥助に目配せし、「久作さんの話を聞きたいんだってよ」と伝えた。鬼勘の話し相手を弥助と交代し、喜八は他の客の相手に回る。

弥助は久作がかささぎに来た時のことや、翌日の昼過ぎ、山村座の前で商いをしていたこと、おあさが菊若水を買ったことなども含めて、くわしく話をしているようだ。それが一段落し、弥助が解放されたところで、

「衣揚げが出来やした」

と、松次郎から声がかかった。弥助と入れ替わる形で、喜八が鬼勘たちの席へ三人分の衣揚げを運ぶ。見れば、鬼勘は腕組みをして難しい表情をしていた。

「お先に、揚げ立ての衣揚げをどうぞ」

と、喜八は衣揚げの皿と出汁(だし)つゆ、箸を置いた。

「……お、おお」

鬼勘は我に返った表情になり、目の前の料理に目を向ける。堅苦しかった表情が衣揚げの香ばしいにおいと共に柔らかくほぐれていった。

「あまり時が経つと、冷めちまいますよ」

「そうだな。衣揚げは熱いうちに食べねばなるまい」

鬼勘の言葉に、配下の侍たちがほっとしたように息を吐く。

こうして、鬼勘たちが衣揚げに箸をつけたのを見澄まし、喜八は調理場へ取って返して、すぐに秋茄子の揚げびたしとご飯、味噌汁を運んだ。

「夏の衣揚げは絶品と思っていたが、秋は秋でこれまた妙なる味わいじゃ。茸それぞれの食感が楽しめ、実に滋味豊かと言うべきだろう」

鬼勘はほくほく顔だ。

「まさしく、実りの秋というところでございますなあ」

配下の侍の一人がやはり満足した様子で、鬼勘に言う。

「ご満足いただけたようで何よりです。生姜の衣揚げもなかなか人気がありますよ」

喜八は運んだ皿を置きながら勧めた。

「ふうむ。生姜は七夕に谷中生姜の初物がどうとか言っていたと思うが、これは根生姜なのだな」

「はい。根生姜を薄切りにして揚げたものです。添え物としてではなく、生姜そのものの風味を楽しんでいただけるかと」

　喜八の言葉にさっそく箸を生姜の衣揚げへ伸ばした鬼勘は、丸ごと口へ放り込んだ。初めにさくっと音を立てた後、咀嚼する間は生姜の香りを楽しむように目を細めている。

「なるほど、生姜のぴりっとした味とさわやかな香りがかくも引き立つ料理とは、なかなかじゃ」

　鬼勘に続いて、侍たちもいそいそと生姜の衣揚げに箸をつけ始めた。

「ああ、こうして美味いものを食べていると、憂いも気がかりも吹き飛ぶようだ。いっそ忘れてしまいたいところ……いやいや、そうはいかぬか」

　最後は軽口にまぎらせ、鬼勘が声高に言って笑う。他の客に聞かせようという狙いあってのことだろう。かささぎの料理は美味いと暗に知らせてくれているのだ。

「まったくです、殿」

　などと、配下の侍たちは追従しているが、軽い冗談としても、事件の憂いを忘れたいと言い切れぬところが鬼勘らしい。

　注文の品をすべて運び終えたので、「どうぞごゆっくり」と言い置き、喜八は鬼勘たちの席を離れた。他の客への料理を運んだり片付けたりしながら、弥助と調理場で鉢合わせた際、

「久作さんのこと、鬼勘は何か言ってたか」

と、尋ねてみると、

「いえ、特には。ただ、かなり細かく訊かれましたよ」

という返事である。

弥助は鬼勘から問われるまま、久作の商いの手法についても話したという。客に新しい客を連れてこさせるやり方や、特定の客との食事やお出かけといった報酬の件など、何かあると鬼勘も踏んでいるのだろう。

(鬼勘は、地獄耳っぷりも事件の火種を嗅ぎ分ける鼻も、なかなかなもんだからな)

ちょっとした噂や評判から、起こりそうな事件を予測し、事前にその火種を消して回る——鬼勘がそうして防いだ事件があることを喜八も知っている。「大江戸泰平」を自らの信念として掲げるその心意気には、一目置かざるを得ない。

鬼勘が久作のどこを疑っているのか、できるなら聞いてみたいと喜八は思った。儀左衛門をはじめ周りの皆も久作を胡散臭く思っているようだが、さりとて彼の何が悪いのか、はっきりと教えてはくれなかった。だが、鬼勘ならば、それを明確にしてくれるのではないか。

そうは思ったものの、それから昼時に差しかかり、客も増えてきたのでゆっくり話を聞く暇もなかった。鬼勘たちも食事を終えると、すぐに席を立つ様子を見せる。

三人分の食事代を受け取る際、

「久作とやらが来たら、その時の様子をよく見て、気づいたことがあれば教えてくれ。また、品物はどこから卸しているのか、商いの場所は山村座の前以外にあるのか、などもそれとなく訊いてもらえるとありがたい」

と、鬼勘は小声で告げた。

「分かりました」

喜八はすぐに返事をした。とりあえず、鬼勘たちはこれから山村座へ向かうそうだが、運よく久作に行き会えるとも限らない。

「菊若水は高い。度を超した贅沢(ぜいたく)は取り締まらねばならぬし、奴の売り方も世間を無用に騒がせるものだからな」

鬼勘は低い声で言った。

「久作さんの商いの仕方は罪なんですか」

「客と遊びに出かけるくらいのことは、目くじらを立てるほどではない。だが、その途中、出合茶屋へ行くのであれば、色を売るのと変わりあるまい」

淡々と告げられた話は、喜八には少なからぬ驚きであった。

「中山さまは、久作さんが娘さんたちにそういうことをしていると……？」

おあさやお菊の顔が浮かび、彼女たちが危ない目に遭ったわけでないにせよ、喜八の心は暗く翳(かげ)ったようになる。

「まだ分からん。ただ、菊若水そのものの品質を疑う声もある。品質の悪い化粧水を高値で売っているのであれば、詐欺の恐れも出てこよう」

化粧水の品質については、お菊もおあさやおくめも悪いことは言っていなかった。だから、少々値の張る品ではあるが、それが道理なのかと思っていたのだが……。

喜八たちの耳には届かぬ噂や評判を、鬼勘はどうやらつかんでいたようだ。菊若水の品質を疑う声があるなら、鬼勘が久作を追うのも無理はない。

「何か分かったら、すぐに知らせます。急を要する時にはお屋敷まで伺いますんで」

自ら協力することを申し出ると、鬼勘は意外そうな目を向けてきた。

(おっと、ここまで言うことはなかったか)

心の中で、口を滑らせたことをひそかに反省する。だが、久作がおあさやお菊のような若い娘たちを食い物にしているのだとしたら、断じて許せないという気持ちは喜八の中にしっかりと根付いていた。

二

鬼勘たちが帰っていった後、喜八たちは昼過ぎの休憩を経て夕方の仕事に入った。

芝居帰りの客や買い物帰りの客などがちらほら増え始めた頃、めずらしい客が現れた。

と言っても喜八の顔馴染みで、かささぎへ来てくれたこともある。

山村座の女形（おやま）で、喜八の叔父である藤堂鈴之助の弟子に当たる玉上新之丞（たまがみしんのじょう）。めずらしいのは、山村座の芝居がかかっている時に現れたことであった。

今かかっている七月の芝居「呉織（くれはとり）と漢織（あやはとり）」では役に就いていないのだろう。とはいえ、八月の芝居で役に就いていたら、その稽古で暇ではないはずだが……。

「新之丞さん、いらっしゃい」

喜八が挨拶すると、「ああ、喜八ちゃん」と新之丞は物憂げな表情で微笑（ほほえ）んだ。新之丞は喜八より年上ではあるものの、五歳も違わない。いつまでも「ちゃん」付けで呼ばれるのはいただけなかった。

「新之丞さん、その呼び方、もういい加減……」

毎度改めてくれるように頼んでいるが、その努力はいっこうに報われない。

「いいじゃないか。師匠につられちゃうんだからさ。どうしても直してほしいなら、師匠に頼んでほしいね」

新之丞が「師匠」と呼ぶのは鈴之助のことで、この叔父にも喜八は同じことを頼んでいたが、こちらは輪をかけて直してくれそうにない。だが、仮にも叔父で、年も離れた鈴之助から「ちゃん」付けで呼ばれるのと、新之丞から同じ呼び方をされるのでは、受け取り方も異なる。

「まあまあ、細かいことは気にしないで。ああ、弥助ちゃんも久しぶりだね」

新之丞は喜八が案内した席に座るなり、弥助の姿を見つけて片手を上げた。喜八と同様、人前で「ちゃん」付けされるのをよしとしない弥助は、無表情で「いらっしゃい」と形ばかりの挨拶をする。

「何だよ、愛想がないなあ。茶屋で働くならもっとにこにこしなきゃ」

「いや、弥助だって、必要な時には愛想よくできますよ。今は『弥助ちゃん』って呼ばれたのが気に入らないんでしょう」

喜八が言うと、新之丞は大袈裟に溜息を漏らす。

「それくらいで本音が出るようじゃ、まだまだだね。喜八ちゃんも弥助ちゃんも、何度もうちの小屋で芝居してるんだし、うまくやらなきゃ」

「俺たちは役者じゃありませんので」

「まあ、二人が役者志願じゃないのは知ってるけどね。そうだったら正直妬んでたからさ。いや、志願してないくせに、才も人気もあるってのも妬ましいんだけどね」

席に着いた新之丞は、喜八を上目遣いに見た。その眼差しはどことなく暗いものをはらんでいる。

「妬ましい……？　新之丞さんが俺を、ですか」

意外な言葉に訊き返すと、

「そりゃそうだろ。あの師匠の甥で、見た目も色男。一枚目の主役を張っても、女形をやっても、成功しそうな素質がある。本気でやれば、人気役者になるのはほぼ間違いない。師匠の後押しだってあるだろうしね」

と、新之丞はじとっとした目をして言う。おどけた口ぶりにまぎらせつつも、存外、本音であることが伝わってきて、喜八は少し息苦しくなった。

これまでも、役者に向いていると言われることは幾度もあったが、そういう人たちから寄せられる言葉はどれも好意に満ちていた。だが、同じことを言われても、新之丞の言葉には棘がある。

「あ、喜八ちゃん。そんな顔しないでよ。喜八ちゃんたちが役者を目指すんでない限り、役を取り合うことにはならないんだからさ」

「俺には、この茶屋での仕事がありますから」

「うん、分かってるよ。今の喜八ちゃんに役者を目指す気がないことはね」

わざわざ「今の」と口にするのは、喜八が心変わりしやしないかと気を揉んでいるせいだろう。それに気づくと、返す言葉が浮かばなかった。

(俺は役者になれるとおだてられ、その気はないなんて軽く流してしまっていたけど……それでよかったのかな)

新之丞と話をしていると、自分のこれまでの態度が軽率ではなかったか、という気持ちになる。当たり前だが、一人前の役者になりたいと本気で願い、つらい稽古に耐え、それでも望む役に就けない役者はいくらでもいるのだ。気軽になれるものではないし、自分が仮に素質に恵まれていたとしても、なるならぬと気軽に言っていいものでもない。

「ま、今日は酒を飲みに来たんだ。ゆっくりしていくつもりだからさ」

新之丞はじとっとした目を喜八からそらすと、話を変えた。台に肘をつき、壁の品書きを眺め始めたが、本気で選ぼうという気はなかったのかもしれない。ほとんど間を置くことなく、

「酒に合うつまみを喜八ちゃんが見繕っておくれよ」

と、新之丞は言い出した。

「あ、はい。それなら、まずは衣揚げの盛り合わせでどうでしょう」

喜八も気を取り直して応じたが、どこか、ぎこちなくなってしまう。新之丞が「それで頼むよ」と言ったので、喜八はすぐにその場を離れた。

松次郎に衣揚げと酒の用意を頼み、それから他の客席との往復を何度かする。やがて酒の用意が調った時、

「俺が行きましょうか」

と、弥助が気を利かせて言い出した。

「新之丞さん、飲む前から悪酔いしてるみたいじゃないですか」

少し大袈裟ではあるが、言い得て妙だと喜八も思う。だが、そこまで心配されるほどでもない。

「いや、俺が行くよ。仮にも叔父さんのお弟子さんなんだしさ。俺が相手をした方がいいだろ」

喜八が言うと、

「欲しかった役でも逃したんですかね」

と、弥助が新之丞の胸中を推測する。

「今月と来月は無役なんでしょうが、九月の芝居でも役に就けなかったんでしょうか」

弥助は冷静に分析するが、そう聞くとなかなか厳しい話である。役者が三月にもわたり、まったく役をもらえないのは、気持ちの面でも金銭の面でも苦しいだろう。

喜八は盆を手に、酒を新之丞の席へと運んだ。

新之丞は話し相手もなく、面白くなさそうな顔をしていたが、酒を目にするなり、唇の片方だけを吊り上げて笑った。どこか投げやりな、どうにでもなれというような荒んだ気分がほの見える。

「さ、どうぞ」

新之丞にぐい呑みを渡し、一杯だけ喜八が酌をした。かささぎに一人で酒を飲みに来る客はめったにいないので、酌をするのも新鮮である。

「あ、どうも、喜八ちゃん」

礼を言う声にも含みが感じられる。新之丞は一杯目をぐいっと一気に呷り、ぐい呑みを突き出してくるので、喜八は二杯目も酌をした。

「もうすぐ衣揚げも出来ますから、酒ばかり飲まないでください」

と忠告し、今度はすぐにその場を離れる。

次いで衣揚げを持っていくと、「こりゃあ、美味い」と生姜の衣揚げがお気に召したらしく、その時ばかりは新之丞も屈託のない笑顔を見せた。しかし、美味い料理で勢いがついたのか、酒を飲む速さも増していく。

それから、椎茸と玉子入りの炒り豆腐や、ぱらぱらっと鰹節を振りかけた焼き茄子などのお菜を見繕って持っていけば、「うんうん、どれも酒の肴にぴったりだ」などと言いながら、新之丞はご機嫌だった。だが、途中で飯はどうかと尋ねても、酒の方がいいと返ってくる。

そうこうするうち、徳利を一人で四本も空けてしまった。見たところ、相当酔っているようだ。新之丞から五本目の徳利を持ってくるよう頼まれた時、

「今日はもう、これくらいにした方がいいでしょう」

と、喜八は告げた。

「いや、俺はまだまだ……」

「もうこれ以上はいけませんよ」

弥助が現れ、冷たい水を新之丞の目の前に置く。

「少しお休みになりたいなら、奥でゆっくりしていってくださってもいいですが」

喜八が尋ねると、「いやいや、大丈夫」と新之丞は首を大きく横に振る。

「あ、俺は大丈夫だからね。このままふつうに帰れるから……」

酔った目で周りを見回し、夕餉を求める客たちで店が混み始めたことにも気づいたらしい。

「それじゃ、俺はそろそろ」

喜八たちとしても、新之丞が酔いつぶれる前に帰ってくれるのなら、それに越したことはない。ところが、立ち上がろうとしかけた新之丞は何を思ったか、再び腰を下ろしてしまった。

「喜八ちゃん、ちょっと」

と、招くように手を動かす。

「何ですか」

顔を新之丞の方へ近付けると、

「金がないんだ」

小声ではあるものの、あまり悪びれたところのない声色で新之丞は打ち明けた。

「すまないけど、つけにしてくれないかな。次の役をもらったら前借りして、すぐに払うからさ」

「……分かりました」

と言うより他に仕方がない。

「うちみたいな小さな茶屋は、つけなんてやってないんですけどね」

横から弥助が冷えた声で口を挟んできた。

「新之丞さんは鈴之助さまのお弟子さんですから、こうしたお頼みにも応じるんです」

「もちろん分かってるさ」

新之丞は棘のある眼差しを弥助に向けたが、喜八に目を戻した時にはきれいな笑顔になっていた。

「このことは、師匠にも女将(おかみ)さんにも内緒で頼むよ」

喜八に目を据えて、新之丞は言う。弥助が口を開こうとしたが、弥助にばかり悪役をやらせるわけにはいかない。喜八は弥助を止め、

「お支払いしてくれたら、もちろん話したりしません」

と、新之丞に負けぬ笑顔で切り返した。支払いが滞れば、叔母のおもんに報告するとにおわせている。新之丞の笑みが凍りついたのを見届けた後、「けど、新之丞さん」と喜八はできるだけ優しい声で持ちかけた。

「何か困ってることがあるなら話してください。俺でよければ話を聞きますよ」

「ありがたい申し出だね」

新之丞は酔いのせいか、それとも演技なのか、不意に喜八の手を取り、声を震わせた。

「悩みと言っちゃ、いい役をもらえないことと金がないことくらいなんだけどね」

その声には自嘲の響きが混じっている。

「芝居のことは、俺たちじゃ力にはなれないですけど……」

金のことなら、少しは力になれるのではないか。

(新之丞さんに、かささぎ寄合の仲間になってもらえばいい)

例の計画の中には、本物の役者を茶屋に招き、贔屓筋の客たちと歓談してもらう案もあったはずだ。すぐの実現は考えてもいなかったが、本物の役者である新之丞が「金のために」力を貸してくれるなら、遠い先の話ではなくなる。それに、その場合はかささぎから新之丞に礼金を払うこともできるだろう。もっとも、山村座の座元である四代目長太夫や師匠の鈴之助が許すかどうかは何とも言えないが……。

(とりあえず、後でおあささんに話してみるか)

喜八はそう心に留めた。新之丞の方も、喜八の返事を期待していたわけではないらしい。

「それじゃ、金の工面ができたら、また来るよ」

と、言い置いて立ち上がった。多少千鳥足ではあるものの、何とか一人で歩いて帰れそうだ。

「ありがとうございました」

とだけ言って、喜八は新之丞の席の片付けにかかった。弥助はすでに他の客たちの接待に回っている。

喜八も片付けを終えるとすぐ、新之丞と入れ替わるように入ってきた客の案内をするため、「いらっしゃいませ」と声を張り上げた。

三

その翌日の夕方、儀左衛門と六之助、おあさとおくめが連れ立って現れた。

「何や、若旦那が中秋の献立の件で、あての知恵を求めてはると聞いたさかいな」

いかにも来てやったと言いたげな儀左衛門の言い分は、

「何言ってるのよ、お父つぁん。ここのお料理が恋しくて仕方なくなっただけでしょ」

と、すかさずおあさからの駄目出しを食らっている。

「……まあ、それもないとは言えへんけどな」

儀左衛門がきまり悪そうに呟いていると、「まあまあ、先生」と六之助が割って入った。

「若旦那がいつものお席を用意してくれてますよ。あちらへ行きましょう」

儀左衛門の機嫌を取り結び、気分よく過ごせるよう世話をすることにおいて、六之助の才は秀でている。こうして四人は最も奥まった「い」の席に落ち着き、すっかり慣れた様子で次々に注文の品を決めていった。

儀左衛門が酒を頼むのもいつも通りだ。料理より先に酒を席へ運ぶと、

「ああ、若旦那。中秋の料理の件は暖簾を下ろしてから、ゆっくり話しまひょ」

と、儀左衛門は言い出した。

確かに、客が大勢いる席で話すようなことではない。だから、その申し出自体はありがたかったのだが、

「その際、『菊慈童花供養』のせりふ回しを頼みますわ。少し手直ししたいところがありますさかい」

と、儀左衛門の言葉は続けられた。

「え、せりふ回しですか」

また面倒な――という気持ちが先に立つ。

「菊の節句にここでお披露目するのやろ。その稽古と思えばよろしい」

稽古といっても、この店で芝居を見せるわけではない。一言二言せりふを言うだけのことなのだが、儀左衛門こそそのことを忘れているのではないか。

「喜八さんと弥助さんのせりふ回しを聞けるのね」

その時、おあさの口からはしゃいだ声が上がった。

「楽しみですね、お嬢さん」

おくめも嬉々(きき)として言う。

「だったら、かささぎ寄合としては、当日のせりふ選びをしなくてはね。ただ台帳を読むだけより、実際に役者さんがしゃべるせりふを聞けるまたとない機会なんだから」

「喜八さんと弥助さんの配役も決めなければいけませんよ、お嬢さん」

「確かにその通りだわ。おくめも寄合の一員としての心構えが出てきたわね」

おあさとおくめは楽しげに言い合い、期待に満ちた眼差しを喜八に向けてくる。こうなると、もう何も言い返せない。

「ご安心ください、若旦那。この六之助もいつもの通り、先生とお二人をお手伝いいたしますので」

六之助が愛想よく言いながら、儀左衛門のぐい呑みが空く度、せっせと酒を注ぎ続けている。

結局、この日は暖簾を下ろした後、中秋の献立を考えつつ、『菊慈童花供養』のせりふ回しに付き合うことになってしまった。

弥助には小さな溜息を吐(つ)かれたものの、二人して急ぎ夕餉を腹に収め、儀左衛門たちのもとへ馳(は)せ参じる。すると、客席の方はこれまた手回しよく、台や椅子が適度に片付けられていた。簡単な立ち回りなら、いつでもどうぞと言わんばかりである。

おあさとおくめと六之助は入り口に近い席に陣取り、広げた台帳を見ながら、このせりふがどう、あのせりふがどうと、真剣に話し合っていた。

「ほな、始めまひょか」

儀左衛門がぽんと手を打って言い出した。六之助が弾かれたように立ち上がり、台帳を持って儀左衛門のもとへと向かう。ところが、この時、

「お待ちください」

と、弥助が儀左衛門に目を据えて言い出した。

「まずは、中秋の料理の件で、東先生のお知恵を拝借するお話だったはず。せりふ回しはそのついででは？」

「中秋の料理については、もう腹案がある」

儀左衛門は自信たっぷりに頭を指で示しながら言う。

「せりふ回しの休憩の折に聞かせるよって、今はこっちに気を入れてもらわなあきまへん」

あたかも弥助が集中力を欠いているとでもいうような言い草だ。弥助が言葉を失っている間に、儀左衛門はしれっと話を進めた。

「『菊慈童花供養』は前に話した通り、菊慈童とその主人穆王（ぼくおう）の話や。あての筋書きでは、

穆王は絶世の美女となってましてな。今日は穆王を若旦那、菊慈童を弥助はんでいきまひょか」

「俺がまた女役ですか」

いささか、げんなりした気分で喜八は訊き返す。

「まあ、弥助はんは女役はやったことあらへんしな。鈴之助はんからも、若旦那に女役を、としつこう言われとるさかい」

「それは別に聞かなくてもいいんですけど……」

「せやけど、若旦那と弥助はんが並ぶと、弥助はんの方がちいとばかし背も高いしな。若旦那が女役をやってくれた方が、見栄えもええのや」

そう言われると、何も言い返せない。この件に関しては弥助に異存はないらしく、ひとまず喜八が穆王、弥助が菊慈童と決まった。

「穆王はな、とある欲に取りつかれた悲しい女子（おなご）や。この世のありとあらゆる富と力を手にした権力者が、最後に欲しがる究極の欲——それが何か分かるか」

謎かけのように言い、儀左衛門が喜八と弥助を交互に見る。

喜八が答える気のないことを見澄ますと、弥助はおもむろに、

「不老不死……ではありませんか」

と、答えた。儀左衛門の目がわずかに見開かれた後、弥助を見やりながら満足そうに細

められる。

「せや。弥助はんはよう分かっとる」

「なら、弥助が穆王をやったらいいんじゃないか」

という喜八の案は、誰にも取り上げてもらえなかった。

「不老不死とは、遠い昔から権力者たちの欲の極みやった。あり余る権力、金があっても、決して手に入らぬ願望や」

儀左衛門は厳(おごそ)かささえ感じさせる声色で言う。

「権力者たちは財をつぎ込み、家来たちを東奔西走させ、学者たちに新しい薬を作らせる。すべては不老不死の霊薬をわがものとするためや」

「永久(とこしえ)の若さと美しさを追い求める女の権力者。先生のお書きになるだけあって、壮大なお話でございます」

六之助が目を生き生きと輝かせながら口を挟んでくる。弟子の賞賛の言葉に、儀左衛門はふんふんとうなずいた後、

「この話では、女の王というところが要(かなめ)となる」

喜八に目を向け、さらに語り続けた。

「ええか。美しい女ほど、己の容貌が衰えていくのに我慢がならないわけや。そこんとこ、若旦那はちゃんと分かってはるか」

「はあ。まあ、何となくは——」

初めから美しさを持たぬ者は、ただ美しくなりたいと願うことはあっても、永遠の美貌とまでは願わない。だが、美しい者はそれを自分の特権と考えてしまい、自然に衰えていく現状に満足できず、さらに大きな欲をかくようになる。

喜八がそのことを口にすると、「まあ、おおよそはそれでええ」と儀左衛門は言った。

「若旦那にはこの芝居で、美しく生まれついたがゆえの女の苦しみと悲しみを出してほしいのや。ええか、持たざる者の悲しみは分かりやすく、演じやすい。客にも分かってもらいやすい。けど、恵まれた者にも悲しみがあるということを……」

「ちょ、ちょっと待ってください。そういうことは、本番で穆王を演じる叔父さんに言ってくださいよ。俺はただ茶屋でそれっぽいことをするだけなんですから」

慌てて喜八が言うと、儀左衛門はこの時初めて苦い顔をした。

「それがな。穆王は鈴之助はんにぴったりの役どころやというのに、この前の話し合いの際、辞退したいと言われてしもたのや」

「え、叔父さんが役を辞退するって？」

まったく思いがけない話であった。山村座を代表する女形として、重要な役にはいつも意欲を持って取り組んでいたというのに……。

「鈴之助はん以上に、穆王をうまくやれる者がどこにおると言うのや」

儀左衛門としても中途半端な実力の役者に穆王役を任せるわけにはいかず、配役の話は頓挫しているらしい。

「もしや、鈴之助さんはこちらの若旦那に穆王をやらせたいと思っておられるのではないでしょうか」

六之助が考え込むような様子で呟く。

「まさか」

と、喜八は大声を上げたが、同意の声は上がらなかった。それどころか、本当にそうなったらどうなるのだろう、という気がかりそうな眼差しがいくつも突き刺さってくる。

（いくら叔父さんが俺を女形にしたがっていても、素人の俺が本番の舞台でそんな役に就けるわけがない）

己に言い聞かせる喜八の脳裡に、ふと玉上新之丞の面影が浮かんだ。

「そういえば、東先生は玉上新之丞さんをご存じですよね」

「新之丞か。鈴之助はんの弟子やったな」

儀左衛門はうなずき、六之助も続けて「私もよく知っていますよ」と言った。何でも、六之助と新之丞は年も近く、世に出て活躍するには力不足という点でも似た境遇にあり、親しくしているそうだ。

「とはいえ、ここのところは私も忙しかったので、あまり会えてはいませんが……」

と、六之助は呟いた。

「実は、昨日、久々にうちへ来てくれたんですよ。だけど、近頃は役に就けないと恨み節で」

喜八が言うと、六之助は心配そうに眉尻を下げ、儀左衛門は難しそうな表情になった。

「あては、新之丞のことをくわしくは知らんけど……」

と、少し言葉を選ぶようにしながら、儀左衛門は言う。

「役者として抜きん出たものがあるとは言えへん。せやけど、鈴之助はんが弟子にした役者やし、この先の努力次第で芽が出ることもあるとは思う。ただ……」

儀左衛門は少し言いにくそうに口をつぐんでしまった。

「何なんですか、先生。新之丞の悪い噂でも、お耳になさったんですか」

親しい仲なだけに、六之助は心配なようだ。

「まあ、役をもらえんことが続いて、荒（すさ）んでもいたのやろ。稽古に熱が入っとらんとは聞いた。遊びにずいぶんな金を使うてるようやとも……」

「遊び……まさか博打（ばくち）でしょうか」

「くわしいことは聞いとらんが……」

苦々しい様子で、儀左衛門は口を閉ざす。

「まあ、博打か女やろ」

おあさとおくめに聞こえぬよう、儀左衛門が小声で言うのを喜八は聞いていた。新之丞をかささぎ寄合に加える件を、おあさに相談しようと思っていたが、今はやめた方がいいかもしれない。

「新之丞さんは、九月のお芝居で役をもらえそうですか」

喜八は話を変えた。九月の山村座が儀左衛門の書いた「菊慈童花供養」なら、配役には儀左衛門の考えも反映されるだろう。かささぎの支払いのためにも、新之丞にはぜひとも役に就いてもらわなければ困る。

「新之丞か……」

と、呟く儀左衛門の声は決して明るくなかった。

「もともと『菊慈童花供養』は女形の役が少ないさかいな。それに、近頃の評判を聞いてしまうと……」

役に推すのは難しいという。当然ながら、穆王を辞退した鈴之助の代わりなどとは考えてもいないらしい。

悪い噂の真偽はともかく、一度評判を落とした新之丞はこの先、しっかりと立ち直れるのだろうか。六之助ばかりでなく、喜八までも心配になってきた。

四

「やるなら、そろそろ始めませんか」

いかにも不本意そうに促す弥助の言葉に、沈んでいた喜八と六之助は顔を上げ、儀左衛門も我に返った。

「せ、せやな。あまりのんびりもしていられん」

思い出したように儀左衛門が言い、六之助は手にしていた台帳を儀左衛門に差し出す。

儀左衛門はぱらぱらと台帳をめくると、「今日はここんとこを頼みますわ」と六之助と小声で打ち合わせを始めた。ややあってから、六之助が台帳を手に喜八のもとへやってくる。

「それでは、まずは若旦那。仕えていた菊慈童が穆王の枕をまたいだことが発覚した時のせりふからお願いします。ちなみに、菊慈童は男ですが、女もうらやむばかりの美貌を持っており、穆王はその美しさに嫉妬（しっと）していることを念頭にお読みください」

「女が男の美しさを妬んでいるのか？　どうも複雑だな」

共感どころか理解することもできず、喜八は首をかしげる。だが、そもそも理解したいわけではないので、とりあえずせりふを目で追ってから、口に出して読み上げた。

『何と、菊慈童がわらわの枕をまたいだ、じゃと？　枕はわらわの体も同じ。つまり、菊慈童はわらわをはずかしめたということじゃ。わらわのそばに取り立てたことで、図に乗っていたと見える』

喜八がせりふを言い終えると、めずらしく儀左衛門はあれこれ言わず、六之助に目配してうなずいた。六之助もすばやくうなずき返し、その場で台帳をめくると、自ら声を張り上げる。

『まったくもって仰せの通り。菊慈童めは顔のよさがお目に留まり、異例の出世を果たしただけのこと。他の見どころなどありはせぬのに、あたかも己の力で出世したかのごとく勘違いしたのでございます』

『分をわきまえぬ者は、厳しく処罰しなければなりません。王さまにおかれましては、どうぞ厳しいご処分を』

二人分のせりふを六之助は器用に調子を変えて読み分けた。終わるとすぐに弥助のもとへ行き、帳面をささっとめくって「こちらのせりふをお願いします」と小声で言う。弥助に対しては、これという注意や要求はないらしい。弥助は一つ咳ばらいをすると、

『お待ちください、わが君！　枕の上に覆いがかけられていて、私には見えなかったのでございます。決して枕と知った上で、不敬を働いたわけではありませぬ。どうか、お慈悲を、わが君さま』

と、追い詰められた菊慈童のせりふを情緒たっぷりに読み上げてみせる。

六之助が儀左衛門から指示されていた読み合わせは、ここまでだったらしい。六之助はほっと息を吐き出すと、

「いかがでしたでしょうか、先生」

と、儀左衛門に尋ねた。

「ふうむ。若旦那も弥助はんもまあまあやな。けど、どうもしっくりこんのは、やはりせりふ自体がよくないのかもしれん。ちょいと変えてみよか。六之助、筆を」

という儀左衛門の指示により、改めて台帳のせりふには修正が加えられ、その後も喜八と弥助と六之助は同じ場のせりふを何度も読まされた。少し語尾が変わるだけで雰囲気が変わるのは面白いが、そうはいっても、同じ場をくり返していると、疲れも溜まってくる。

ようやく待ち望んだ休憩の時になった時、喜八は喉がからからだった。松次郎が運んでくれた水をごくごくと一気に飲み干すと、「お疲れさまでした」とおあさが声をかけてきた。演技と呼べるほどのことをした覚えはないのに、おあさはしっかり眼鏡をかけている。

「今日はただせりふを読んだだけなのに、眼鏡は必要だったのかい？」

思わず尋ねると、「もちろんよ」とたちどころに返事があった。

「せりふを言っている時には、自然と表情もそれらしくなるものだもの。今日の喜八さんの表情は気持ちがこもっていて、とてもよかったと思うわ」

おあさは口もとをほころばせて言う。

「でも、今日のところのせりふは、九月九日のお目見えには使えないわよねえ。穆王は怒ってるし、菊慈童は泣き出しそうだし」

「確かに、ここのせりふは使えないな。芝居としては大事な場面なんだろうけど」

「ええ。だから、お父つぁんも納得いくまで、ここのせりふを考え抜きたいみたい」

そんな話をしているうち、弥助と六之助も水を飲んで寛（くつろ）いだようだ。一方、儀左衛門は休憩となってからも、筆を手に例のせりふの書かれた一葉を開いたまま、うーんと頭を悩ませている。だが、「東先生」と喜八が声をかけると、儀左衛門はすぐに顔を上げた。

「そろそろ、中秋の料理についての腹案をお聞かせください」

「ああ、せやったな」

儀左衛門は表情を改めると、おもむろに口を開いた。

「中秋は別名『芋名月（いもめいげつ）』とも『栗名月（くりめいげつ）』とも言う。里芋と栗を使った料理を出すのが定番や。せやけど、里芋の煮つけと栗ご飯を一緒に出しても面白うない。そこでや、かささぎでは、芋と栗を対決させることとする」

「対決――？」

喜八は目を瞠（みは）る。

「松つぁんに芋の料理を、弥助に栗の料理を作らせて、競わせるっていうことか？」

「いや、そこまで凝らんでもええ。弥助はんなしでは店が回らんやろ」

儀左衛門の言葉に、喜八はうなずき返す。

「作るのは松次郎はんだけでええのや。ただ、芋料理だけでそろえた御膳――たとえば『芋名月御膳』というような名前の御膳にする。一方で『栗名月御膳』の方は栗尽くしにする。お客には好きな方を選んでもらい、当日、どっちの料理が多く注文されたか、その都度、客の前で公表していったら面白いやろ」

「なるほど」

即座にうなずいたのは松次郎だった。とはいえ、儀左衛門への返事というより、心の中の呟きがそのまま声となったもののようだ。

「芋名月は里芋の味噌汁、餡かけ、味噌鍋もいいか。飯は油揚げと一緒に炊いて……。栗名月は栗ご飯、いや、栗おこわか。蒸してつぶしたものを蜜で煉ってもいい」

その後も、聞き取れないほどの低い声でぶつぶつ呟いている。芋と栗を使った料理をあれこれ思い浮かべているらしい。おそらくこれまでも考えていたのだろうが、芋と栗それぞれに限定した御膳を二つという枠組みを示され、どんどん形になっていくようだ。

「これはもう、しばらく松つぁんに考えてもらって、あとで話を聞くのがよさそうだな」

喜八が言うと、弥助をはじめ皆がうなずいた。

「中秋の料理は何とかなりそうですね」

ひとまずほっとした様子で言った弥助は「しかし、中秋から菊の節句まではそれほど間がありませんので」と続けた。

「弥助さんの言う通りだわ」

と、おあさが皆の顔をぐるりと見回しながら言う。

「中秋のお料理も楽しみだけれど、かささぎ寄合としてのお披露目は九月九日。お料理だけじゃなく、喜八さんと弥助さんの使うせりふ、立ち回り、衣装も含めて、決めなくちゃいけないことはいっぱいあるわ」

「せりふはこの中から採ればええのやろ」

儀左衛門が「菊慈童花供養」の台帳を示しながら尋ねる。

「そうだけど、今日の場面は使えないもの」

「せやな。あれは茶屋の客が聞かされて喜ぶせりふやないやろし。ま、あてがええせりふを探しときまひょ。ああ、それより」

と、儀左衛門は思い出したように言った。

「『菊慈童花供養』のせりふを使うて、若旦那と弥助はんが茶屋で興行案内をする話は、山村座でも歓迎されましたわ。ちゃんと座元の許しも得たさかい、菊の節句では思う存分、派手に演じてくれてええで」

「いや、演じるわけじゃないけどな」

喜八は儀左衛門にも聞こえるように呟いたが、案の定、聞き流された。

「座元と狂言作者から許しが出たから、どんどん話を進められるわ。喜八さんと弥助さんの役が決まったら、三郎太さんに話して衣装の用意に取りかかってもらえるし」

おあさは声を弾ませて言い、再び皆の顔を順に見回した。

「配役はどうしたらいいかしら」

「そりゃ、若旦那が穆王、弥助はんが菊慈童で決まりやろ」

と、喜八よりも先に儀左衛門が言う。

「先生のおっしゃる通りですな。それ以外には考えられません」

と、六之助。

「あたしもそれがいいと思います。今日のせりふ回し、お二人とも息がぴったりでしたし」

と、おくめまでが言い出した。おあさは満足そうにうなずくと、

「それじゃあ、決まりね」

と、ぱんと手を叩いて言う。

「え、決まり?」

喜八は裏返った声を上げた。

「俺が茶屋で女役をやるのは、客の好みによるって、おあささん、前はずいぶん慎重なこ

とを言っていたと思うけど……」

「ええ。舞台のある芝居小屋と、お客さんと目の前で接する茶屋では、やっぱり違うでしょ。遠目にはきれいねとうっとりできても、ふだんの喜八さんを知るお客さんが間近でその姿をどう思うか、少し心配だったの。でも、さっきのせりふ回しを聞いて、穆王役なら大丈夫だと思ったわ。女役といっても、ただの女じゃなくて王さまなんだもの。男にも負けない威厳と力強さがある。そして絶世の美女。まさに、喜八さんにぴったりだと思わない？」

「思います。かささぎ寄合の初仕事として、これ以上はない配役です」

と、おくめが前のめりになって言う。

「それに、弥助さんの菊慈童に扮するお姿も、楽しみです」

おくめは続けて、少し恥ずかしそうに付け加えた。

「ま、菊慈童は穆王が嫉妬するほどの美しい若者や。穆王に仕えとる男やから、二人の立場からしてもお似合いやろ。逆に、弥助はんが穆王で、若旦那が菊慈童やと、やりにくいのやないか」

儀左衛門がさらに言うと、弥助が「まったくです」と真面目な顔でうなずいた。

「俺が若を家来として扱うなんて、やりにくくてかないません」

「お前、そこはお芝居だと割り切れば、何とでもなるだろ」

喜八は口を尖らせたが、弥助は涼しい顔で首を横に振る。

「これまで何度も女役をやっている若と違って、俺は一度も女役をやっていません。そんな俺が女に扮したら、お客さんがびっくりしてしまうでしょう。下手をすれば、お客さんから気味悪がられ、せっかくのかささぎ寄合の初仕事を台無しにしてしまうかもしれません」

「そうですね。初仕事にあまり突飛なことはしない方がいいと思います」

と、六之助も常識人の顔で言い添えた。

こうして、九月九日、かささぎを役者に会える茶屋にする計画の初回において、喜八は女役に扮することになってしまった。

「それじゃあ、鬼勘にこのことを伝えて、お芝居と菊の節句に似合う料理を考えてもらわなければね」

おあさが晴れ晴れした笑顔になって言った。

五

それから二日後、七月も残り二日となった日の昼間、かささぎの常連でもあるおしんと梢の二人連れがやって来た。くわしい話は聞いていないが、二人とも京橋の大店の娘らしい。

常にしゃれた装いをして、芝居小屋へもよく出かけているし、かささぎでは特別に出した高い料理を頼むことも厭(いと)わなかった。二人はいつもにこにこしており、これという悩みもなく、毎日を楽しく過ごしているように、喜八の目には見える。

ところが、そのおしんと梢がこの日ばかりは、何やら深刻そうな顔つきで店へ入ってきた。

「これは、おしんさんに梢さん。いらっしゃい」

二人に気づき、喜八が駆け寄っていくと、さすがに顔をほころばせたが、いつもと違ってぎこちない。

「今日は芝居見物かな。昼餉(ひるげ)を食べていってもらえるなら、いろいろお勧めしたいところだけど」

喜八はひとまず二人を空いている席へと案内し、今日の予定を尋ねた。

「今日はお芝居じゃないの。買い物がてら、出てきただけだから」

と、おしんが答える。

「じゃあ、ゆっくりしていけるのかな」

「ええ。昼餉もいただきたいわ」

梢が口もとに笑みを湛(たた)えて言った。

「前にいただいた夏越御膳のようなものはあるのかしら」

「あれは、六月末日だけの献立だから今はないんだけど」

「それなら、今日食べられる御膳は何？」

梢から訊かれて、一瞬返事が遅れる。「御膳」と名の付く献立は、これまでに夏越御膳しか出したことがない。来る中秋にはおそらく「芋名月御膳」「栗名月御膳」という名で料理を供することになろうが、もちろん今は出せない。

「お嬢さん方がお望みなら、特別に作ることはできますよ」

はっと気づくと、いつの間にやら弥助が傍らに来ていて、おしんと梢に優しげな笑顔を向けていた。

「まあ、特別に？」

二人の娘たちの頬がほのかに色づく。

「うちはこの通りの小茶屋ですから、ふだんは夏越御膳のような献立は出していませんし、品書きにもありません。ですが、常連さんのお求めがあれば、その日に入った食材を使って、季節の御膳をお出しすることはできます。いかがでしょう、秋の御膳をお試しになりますか」

「そういうことなら、お頼みします」

「あたしも」

と、二人は口々に言い、あっさりと注文は決まった。

「それでは、献立はうちの料理人にお任せということで、よろしいですか」

てきぱきと問う弥助に、二人はうなずく。

「苦手な食べ物がございましたら、先に伺いますが」

「あたし、においのきついものは苦手だわ。まだないでしょうけど、銀杏とか」

と、梢がすかさず言った。

「なるほど。生姜はいかがでしょうか」

「それは大丈夫。生姜はいい香りだもの」

と、梢は答え、おしんは特に苦手なものはないと言う。

「それでは、しばらくお待ちください」

にこやかに言って下がっていく弥助のあとを、喜八も慌てて追いかけた。客席と暖簾で隔てた調理場へ入ってから、

「お前、あんなことを急に言い出して、大丈夫なのか」

小声で弥助を問い詰める。

「まったく問題ありません」

弥助は余裕のある表情で答えた。それから、奥で竈の前に立つ松次郎に向かって、

「松のあにさん、季節の御膳を二人分、お願いできますか」

と、尋ねる。

「季節の御膳だと？」

松次郎は竈から目をそらさずに訊き返した。弥助は動じる様子も見せず、

「若いお嬢さん方のご依頼です。できれば見た目がきれいで、一品の量は少なめに、何種かのお菜があると喜ばれるでしょう」

と、滑らかに答える。松次郎は黙り込んでしまった。

「おい、大丈夫なのか」

松次郎が困りやしないかと喜八は不安になったが、弥助はどうということもなさそうに、

「若はお嬢さん方に麦湯をお願いします」

と、言う。そうだったと喜八は急いで麦湯を運び、調理場へ引き返すと、舞茸の和え物を盆に載せ、客席へ向かう弥助とすれ違った。

「御膳のことは大丈夫ですよ」

小声でささやかれたものの、喜八は念のため、まだ竈の前に立つ松次郎に尋ねてみた。

「松つぁん、急な注文だけど、よかったのか」

「へえ、問題ありやせん」

弥助を相手にする時とは違い、丁寧な言葉が返されてくる。松次郎がこう言い切る以上、信じてよい。とりあえず喜八も安心し、あとのことは松次郎に任せて、客席へと戻った。

それから他の客の相手をしながら、客席を行き来するうち、おしんと梢を何度も見たが、二人はいつになく小声で話し込んでいる。その表情も来た時と変わらず深刻そうだ。何か悩みごとでもあるのだろうかと心配になったが、気軽に問えるほどの親しさはない。

そうこうするうち、おしんと梢が頼んだ御膳が出来上がった。ふつうの客よりやや時はかかったが、話に夢中だった二人には大して気にならなかったようだ。

見れば、松次郎が即座に作り上げた秋の御膳とは——。

豆入りご飯になめこの味噌汁。衣揚げは生姜を二つほど、出汁つゆが添えられている。焼き茄子は通常の注文では、一皿に一つ丸々使うのだが、今回は縦切りにした半分をくるくると丸め、その上に鰹節がたっぷり載っている。しめじと蓮根(れんこん)の酢の物、里芋の煮物、それに、しめじと椎茸入りのふわふわ玉子が一皿ずつ。そして——。

「これは、何だ」

見たことのない一品を見つけ、喜八は首をかしげた。

「舞茸に粉をまぶして、焼いたもんでさあ」

これという名前はないらしい。松次郎から味見を勧められ、喜八と弥助は手でつまんだ。焼き立てだという熱々を口へ放り込むと、塩味が利いていて、かりかりっとしていた。他の調理法で食べた時の、しゃきっとした舞茸の歯応えとは違う。

「お、これは美味い。面白い食感だな」

「酒飲みも喜びそうです」

という弥助の言葉には大いにうなずけるが、おしんと梢にも喜んでもらいたい。

そう思いながら、喜八は弥助と一緒に、出来上がった御膳を運んだ。話し込んでいたおしんと梢も料理が来たことに気づくと話をやめ、喜八たちに目を向けてくる。

「お待たせしました。ご注文の秋の御膳です」

喜八と弥助がそれぞれの料理を並べていくのを、おしんと梢は目を輝かせながら見つめていた。

料理の説明は弥助に任せておく。例の舞茸の説明が終わると、

「この料理のお名前は何というの？」

と、梢から問いかけられた。

「名前……ですか」

それについては、松次郎もないと言っていたし、まだ決めていない。「若がお決めください」という目配せを受け、喜八は考え込んだ。舞茸の焼き物では面白くない。

「そうだな、『かりかり舞茸』でどうだろう」

すると、弥助がすかさず、「ぜひご賞味の上、感想をお聞かせください」と二人に勧めた。二人は「あら」と嬉しそうに微笑みながら、「いただきます」と箸を手に取る。真っ先に、舞茸の焼き物に箸を伸ばした。

まだ温かいそれを口に運び、咀嚼し始めた二人の目が同時に見開かれる。

「本当にかりかりしているわね」

「お味もいいわ。病みつきになりそう」

二人にも好評で、名前もかりかり舞茸で決まりそうである。

「それじゃあ、ごゆっくり」

満足そうに箸を動かす二人に、明るい表情が戻ったことを確かめ、喜八と弥助は席を離れた。その後も近くを通る度に目をやったが、おしんと梢の顔つきは満足そうだ。

美味しい料理で少しでも気分が上向きになってくれれば――と思いつつ、喜八も仕事に励んだ。それから、二人の食事が終わったのを見澄まし、皿を片付けがてら、感想を尋ねる。

「秋の味覚がたっぷりで、どれも美味しかったわ」

「いろんな茸料理をちょっとずつ食べられるのがいいわよね」

「かりかり舞茸は、ご飯のお菜としてでなく、お茶請けにしてもよさそう」

そんなことを、二人はいつものように賑やかな明るい声で語ってくれる。

「二人が元気になってよかったよ」

と、喜八が何気なく言うと、二人は顔を見合わせ、口をつぐんでしまった。

「あ、ごめん。少し元気がないように見えたからさ。俺の気のせいだったらいいんだけど」

喜八が慌てて言うと、二人は驚いたように目をぱちぱちさせた。それから目と目を見交わしていたが、

「ううん、喜八さんの気のせいじゃないわ」

やがて、意を決したように梢が言った。

「あたしたち、お稽古事で一緒になる友人のことで、少し気がかりなことがあって」

「……そっか。俺に力になれることがあればいいけど」

喜八が言うと、二人は再び目配せをし合い、今度はおしんが口を開く。

「どうもありがとう、喜八さん。実は、その友人はお芝居が好きで、山村座の玉上新之丞を贔屓にしているの」

「え、新之丞さん？」

喜八が思わず口を滑らせると、おしんと梢が目を瞠った。

「喜八さんは新之丞を知っているの？　その、役者としてではなく、個別に親しかったりするのかしら」

「親しいっていうほどでもないけど、お客さんとして来てくれることもあるからね」

「じゃあ、新之丞が娘さんと二人連れで来ることもあるの？」

「いや、それは見たことないけど……」

昔のことも思い返しつつ、喜八は答えた。

その後、おしんと梢が話を聞いてほしそうな顔つきだったので、喜八は空いた皿を片付け、新しい麦湯を運んでから、少し話に付き合った。

二人が気にかけている友人の名は、おすまという。芝居が好きで、おしんたちとも話の合う友人らしい。

そのおすまが近頃になって、化粧や身だしなみが派手になった。おしんたちがさりげなく理由を尋ねると、よい化粧水を手に入れたのをきっかけに、化粧に熱を入れ始めたという返事。着物や帯が派手になったのは化粧につられてのことだそうだ。

「その化粧水の名前は聞いているのかい？」

喜八は途中でおしんの話を遮って尋ねた。

「ええ。菊若水というそうよ」

聞けば、二人ともおすまから菊若水を勧められたらしい。

「でも、あたしたちは家の女中が化粧水を作ってくれるから」

という理由で断ったのだそうだ。だから、菊若水についてはそれ以上のことを二人は知らなかったが、

「化粧水はこじつけだと思うの」

と、梢は難しい表情で言い出した。

「え、こじつけって？」

梢は注意深く周囲に目を走らせた後、取り出した扇子を口もとに当て、さらに小声で告げた。

「おすまちゃんが派手になったのは化粧水のせいじゃなくて、玉上新之丞とお付き合いを始めたからじゃないかってこと」

「何だって」

新之丞とおすまらしき女が一緒にいるのを見た、という噂があるらしい。役者と付き合い始めたせいで化粧や着物が派手になるのは、確かにありそうな話だ。

「おすまちゃんの家は大きな紙問屋なの。親御さんに知られたら大変なことになるんじゃないかと、あたしたちも気がかりで。それとなくおすまちゃんに注意もしてみたんだけれど、かえって不快にさせちゃって」

おしんはそう告げて、小さな溜息を漏らした。

その後、おすまからは避けられてしまっているのだと、二人ともますます表情を曇らせている。残念ながら喜八にできることは話を聞くことくらいだが、玉上新之丞が絡んでいることは気にかかった。

「新之丞さんがうちに来ることがあったら、それとなく尋ねてみるよ。新之丞さんと親しい人も知ってるし。何か分かったり、気になる話があったりした時は、二人にも知らせるからさ」

喜八が励ますと、二人とも最後は微笑んでみせた。夏越御膳と同じ百文の金子をぽんと払い、「また来るわね」と言い置いて帰っていく。

（六之助さんが新之丞さんのことを気にしてたな。菊若水も絡んでいるし、六之助さんに一肌脱いでもらうとするか）

喜八はこの時、そう心に留めた。

六

六之助が新之丞と共にかささぎを訪れたのは、暦が八月に替わって間もない二日の夕刻であった。

おしんと梢が現れた日の夕方、六之助にそのことを告げ、少し新之丞と話してみてくれないかと、喜八から頼んだ結果である。かささぎで飲み食いしてくれるなら、当日のかかりは要らないと申し出たところ、意外なことにその場にいた儀左衛門が支払うと言い出した。

――あても、新之丞の近頃の様子を知っておきたいのや。せやさかい、若旦那も六之助も気にせんでええ。

という儀左衛門の頼もしい言葉を受け、六之助は無事に新之丞を誘い出したというわけだった。喜八は二人がゆっくり話せるよう、いつも儀左衛門が使っている「い」の席へと案内した。

新之丞は前の払いが済んでいないため、きまり悪そうな表情だったが、

「今日は、六さんがおごってくれると言うんでね」

と、言い訳がましく言う。

「そりゃあよかった。ゆっくりしていってください」

と、喜八は笑顔を向け、その後のあしらいは弥助に任せた。

新之丞は酒を頼み、酒を飲まない六之助は専ら酌をしながら、聞き役に徹しているようだ。酒に合う料理をいくらか頼んだ中には、数日前から品書きに加わったかりかり舞茸もある。

そうして半刻（一時間）近くも経った頃には、新之丞はだいぶ酒を飲み、酔いも進んだようであった。それにつれて口も軽くなってきたのか、六之助相手に芝居のことやら金のことやら、いろいろと吐き出している。

「そうか、大変だったな」

六之助は新之丞に相槌を打ったり、なだめたりしながら、うまく話を聞き出していた。

さらに時が進み、新之丞がくだを巻き始めたと見える頃には、女の話に移っていたようだ

が……。

ややあってから、六之助が何やら小声で言うと、その途端、新之丞の表情が一変した。まるで酔いが一気に醒めた様子で、その後は顔色もよくないままである。勢いよく回っていた舌も止まってしまい、少しすると、新之丞一人だけ先に帰ることになった。

「お一人で大丈夫ですか」

と、尋ねる喜八に「……ああ」とどこか上の空で返事をし、新之丞は少しふらつきながら帰っていった。

「送っていかなくてよかったんですか」

残った六之助に尋ねると、「断られてしまったので」と少し寂しげな表情になる。

「ですが、顔色の悪さは深酒のせいではなく、訊かれたくないことを訊かれたせいでしょう。おそらく、今は新之丞も一人になりたいはずですから」

と言った後、六之助は追加で白飯と味噌汁を頼むと、残っているお菜を勢いよく平らげていった。新之丞がいた時は話を聞くのと酌をするのに気を取られ、あまり食べられなかったらしい。

やがて、他の客もいなくなり、暖簾を下ろす時刻となった。一通りの片付けをすませてから、喜八と弥助は空いた客席で夕餉を摂りつつ、六之助の話を聞く。

「新之丞は役に就けない憂さ晴らしに、博打に手を出していたみたいですね。まあ、役者にはめずらしくない話ですが……」

そのまま身を持ち崩してしまう役者も、決して少なくないらしい。

「なかなか芽が出ないつらさは、私にもよく分かります。けれど、博打に逃げるのはあまりに不甲斐(ふがい)ないと言わせてもらいました。私が言うのも口幅(くちはば)ったいですが……」

「いや、六之助さんだから言えるんですよ。俺たちみたいな年下からは言えませんし、本当は師匠である叔父さんの務めなんでしょうけど、といって俺たちから叔父さんに告げ口するのも……」

「ええ。新之丞も鈴之助師匠から叱られれば傷も深くなるでしょうし、私の忠告で立ち直れるなら、それに越したことはありませんので」

と、苦い表情を浮かべながらも、とりあえず滑らかに回っていた六之助の舌がそこで止まった。

ここまでの話は、何となく想像がついていたことでもある。しかし、問題はおすまという女がらみの件だ。

六之助には、それとなく新之丞に尋ねてみてほしいと頼んでいたのだが、

「おすまさんのことかどうかは分からないんですが、新之丞はある女のことで悩んでいました」

と、六之助は言った。六之助から特に誘導しなくとも、新之丞は自ら語り出したそうだ。

今年に入ってから、新之丞はとある贔屓筋の若い娘と親しくし始めたらしい。きっかけは、一度大茶屋に招かれ、酒食を共にしたこと。その後も、一緒に花見や寺社詣でなどに出かけたりしたそうだ。

「さすがにお嬢さんの素性は明かしませんでしたが、大店の娘さんだそうです。二人で出かけた際の支払いなどは、すべてお嬢さんがしているそうですから。ただ、そのお嬢さんには許婚がいるらしくて……」

おしんと梢からは、おすまに許婚がいるとは聞いていないが、二人が知らなかっただけかもしれない。

「新之丞としては、お嬢さんの気まぐれにお付き合いしているくらいの気持ちだったようです。いずれ、お嬢さんが祝言を挙げれば、自分との仲は自然と絶えるし、お嬢さんもそう割り切っているはずだと。ところが……」

六之助はそこでいったん口を閉ざし、おもむろに咳ばらいをしてから先を続けた。

「どうやら、そのお嬢さんが本気になってしまったようでしてね。すっかり新之丞にのぼせてしまい、駆け落ちしてくれと迫られたそうです」

「新之丞さんにそのつもりはないんですよね？」

念のために確かめると、六之助は大きくうなずいた。

「役者の道を捨ててまで駆け落ちなんて、考えてもいないでしょう。まあ、お嬢さんをその気にさせた原因は、新之丞の態度にもあるのでしょうが……」

「そのお嬢さんがおすまさんなのでしょうか。今までの話では決め手に欠けるようでしたが……」

それまで黙って食事を続けていた弥助が、口を開いた。すでに大方食事を終え、今は麦湯の湯飲み茶碗を手にしている。

「ええ。おすまさんかどうかは分かりませんでした。ただ、菊若水のことを口にしたら、新之丞の顔色が途端に変わりましてね」

と、六之助は表情を引き締めて言う。その様子は喜八も見ていたが、あれは菊若水の話をしていた時のことだったのか。

「何のことか分からないと、はぐらかされてしまいました。顔色が変わったのは酒に酔ったからだと言うばかりで」

隠し事があるのは明らかだが、結局は、その娘の名も含めて何も聞き出せなかったそうだ。

「ならば、新之丞さんが菊若水と関わっているのは、おそらく間違いないでしょうね」

弥助が湯飲み茶碗から離した手を顎（あご）へ持っていき、考え込む。

「となると、久作さんとつながっているかもしれないのか」

喜八の言葉に、弥助と六之助はそれぞれうなずいた。

「久作さんとやらは、山村座の前で菊若水を売ってたんですよね。それなら、新之丞と顔を合わせる機会があったかもしれませんし、そこまで踏み込んで訊くべきでした」

六之助は肩を落としたが、尋ねたところで新之丞が正直に答えたとは思えない。

「そういえば、鬼勘がうちへ来た後、山村座の前で久作さんが商いをしているかどうか調べに行くと言っていたけど、あれはどうなったのかな」

その後、鬼勘が店へ顔を見せることはなかったので、結果は聞いていない。

「私も山村座の前を通りかかることは多いですが、生憎（あいにく）、その手の商いをしている者を見かけたことはありませんね。まあ、夕方頃には化粧水も売り切れて、去ってしまうのかもしれませんが……」

そうはいっても、前の客に新たな客を連れてこさせる以上、約束した場所に現れるはずだ。

久作がかささぎに現れたのは一度きりで、その後は見かけないため、深く気にかけてこなかったが、これからは店に来る客にも久作のことを訊いてみよう。喜八と弥助はそう言い合った。

「私も、おあさお嬢さんたちと一緒に、菊若水の噂を拾うようにしてみますよ」

六之助も固く請け合った。

「若旦那と弥助さんは中秋も近いですし、菊の節句の準備もおありでしょう。くれぐれも無理はなさらぬように」

と、喜八たちのことを気遣ってもくれる。

「そちらの方面でも、お手伝いできることがあったらおっしゃってください。できる限り、お力になりますんで」

六之助はそう言い置き、儀左衛門から預かっている金で二人分の支払いを済ませると、帰っていった。

見送りに出ると、吹き寄せる夜風はほのかに冷たく、秋の気配が深まっていることを感じさせられた。

第三幕　芋名月と栗名月

一

八月に入れば、あっという間に中秋となる。当日、かささぎでは一日限りとして「芋名月御膳」「栗名月御膳」を供することが決まっていた。その細かな献立について、松次郎はずっと案を練り続けてくれている。

「五日の晩、それぞれの膳を作ってみますんで」

喜八と弥助に味見をしてほしいという。二人ともその日を心待ちにしていた。

ところが、その二日前の八月三日、かささぎに思いもかけない客が現れた。

「え、もしかして」

昼時の客が減りかけた頃、ぬうっと暖簾をくぐって現れた大男は――。

「わっ、真間村の喜八さん?」

思わず、声が裏返りそうになる。

「こ……こんにちは」

真間村の喜八の口からぼそぼそと挨拶の声が漏れた。

「ああ、こ、こんにちは」

いらっしゃいと言うべきところ、つられて「こんにちは」などと返してしまった。

「いらっしゃい。よく来てくださいました」

いつもの愛想笑いを取り戻しつつ、喜八はお菊の姿を探した。しかし、お菊はどこにも見当たらない。

「あの、お菊さんはご一緒じゃないので?」

真間村の喜八を空いている席へ案内しながら、喜八は尋ねた。

「お嬢さんは……」

真間村の喜八は太い首を横に振る。

「あらあ、真間村の喜八さんじゃありませんか」

たまたま隣の席にいて、明るく声をかけたのは、おあさであった。前に、お菊と一緒に菊若水を買いに行った時、真間村の喜八とも顔馴染み(なじ)みになっている。

「お菊さんはどうしていらっしゃるの? 今度はご一緒じゃないんですか?」

真間村の喜八が「あ」とか「うう」とか、まともな返事をしていないのに、おあさは立て続けに話しかけている。そして、どうやら二人の間では会話も成り立っているらしく、喜八が麦湯を持っていくと、

「今回は、喜八さんお一人で、お菊さんの御用を果たすため、江戸へ出てこられたんですって。ああ、ご注文はね、茸尽くしの衣揚げと里芋の煮物、白飯にえのきのお味噌汁。人気のお品として、かりかり舞茸もお勧めしたら、ぜひお頼みしたいですって」

と、おあさが代弁してくれた。真間村の喜八が「ぜひ頼む」と言ったとは思えないのだが、

「それで、よろしいので?」

念のために確かめると、音でもしそうな勢いでぶんぶんとうなずく。喜八は引き返して注文を伝え、真間村の喜八の相手はひとまず、おあさに任せることにした。

いつも一緒にいながら、もはや会話することをあきらめてしまったようなお菊と違い、おあさは絶え間なくしゃべり続けている。真間村の喜八は目を白黒させていたが、おあさの勢いに巻き込まれ、会話に参加させられているようだ。時折、様子をうかがっても、真間村の喜八はうなずくか、首を振るかしかしていないようだが、それでもやり取りは成立しているらしい。

やがて、料理が調った頃には、真間村の喜八が江戸へ出てきた事情を、おあさは一通り

聞き終えていた。食事を始めた喜八の代わりに、おあさが語ってくれるというので、店のことは弥助に任せて喜八が拝聴する。

真間村の喜八は、自分の話がおあさの口から語られるのを何とも思わないのか、それよりも料理に気を取られているのか、いそいそと両手を合わせると、さっそく里芋に箸を伸ばし始めた。

「お菊さんの御用というのはね、菊若水を返してこい、ということだったんですって」

「菊若水を返すだって？」

喜八が驚いて訊き返すと、真間村の喜八は口に入れていた里芋をごっくんと飲み込んだ。少しむせて、麦湯を飲んでいるので、「あ、申し訳ありません」と喜八は急いで言う。

「喜八さんは気にせずお食事をなさってください。あたしがちゃんとお話ししておきますから」

と、おあさが真間村の喜八に向かって言った。真間村の喜八はほっと安心した様子で、おあさに軽く頭を下げると、今度は衣揚げに箸を伸ばす。

「実はね、お菊さんがお買いになった二本目の菊若水が、とんだ粗悪品だったんですって」

「え、一本目はよかったって喜んでいたのに？」

「ええ。一本目は確かにいい品質だったはずよ。あたしも使ってみたから、それは分かる。

でもね、お菊さんが二本目に買ったのが粗悪品と聞いて、何となく納得してしまったの」

「どういうことだい？」

「お菊さんが二本目の菊若水を買った日、久作さんはお菊さんに誘いの言葉をかけていたわ。誘うといっても、自分の方が付き合ってやるみたいな言い方だったけれど。その時、こちらの喜八さんが前に出て、それを阻んだという話もしたわよね」

おあさが、というより、おくめがその場面を実演してくれたのだった。喜八はあの時のことを思い出してうなずいた。おくめの方を見ると、恥ずかしそうに目を細めている。

「その後、久作さんが急にそっけなくなった話もしたでしょ。あの時、久作さんはお菊さんに粗悪品を渡すことにしたんじゃないかと思うのよ」

「ええと、連れの喜八さんに腹を立てて、嫌がらせをしたってことか？」

「うーん。それもあるかもしれないけれど、久作さんは初めから、お客さんを選(え)り分けていたんじゃないかと思うの。これからも利になるお客さんと、それ以上はお金にならないお客さんをね」

一本目の買い物をした時のお菊は、久作にとって利になる見込みのある客だった。だから、品質のいい化粧水を渡した。実際に、お菊は二本目を買い求めたし、おあさという新しい客も久作に紹介している。

だが、あの時、喜八が食ってかかったことで、お菊が江戸住まいでないことが久作に知られた。金離れのいいお菊にうまく取り入ってやろうと考えていたのだろうが、江戸の住人でなければ、それも難しい。この時、久作にとって、お菊はもうご機嫌を取る必要のない客となったのだ。

「そこで、前もって用意していた品質の悪い化粧水を渡したんじゃないかしら。同時に買ったあたしの方はまだ利になる見込みがあったから、品質のよい品を渡したんだと思うわ」

順を追って説明されると、確かにもっともな話と思える。

「とにかく、ご自宅へ帰ってから、二本目の化粧水の品質が悪いことに気づいたお菊さんは、かんかんなんですって。久作さんを見つけ出して取り換えてもらうか、金を返してもらってこいとおっしゃったそうよ」

「そのために、喜八さんは江戸へ出てきたっていうのか。そりゃ、大変だな」

喜八は哀れみの眼差し(まなざ)しを向けたが、かりかり舞茸を口へ運ぶ真間村の喜八は実に仕合せ(しあわ)そうであった。

(まあ、本人がさしてこたえてないなら、いいのか)

などと思ったが、お菊の命令、いや、頼みごとは何としても果たさなければなるまい。

「それじゃ、喜八さんはこれから久作さんを探しに行くわけか」

かささぎへ寄ったのも、山村座の芝居小屋の前で商いをする久作のもとへ出向くついでだったのだろう。

「それなんだけど……」

と、おあさは急に表情を曇らせた。

「実は、あたし、菊若水を買った数日後の昼過ぎ、芝居小屋に出かけてみたんだけど、久作さんに会えなかったのよ」

おあさも、化粧水を買い足したい時には、昼過ぎに山村座の前に来るよう言われたそうだ。興行のある時はたいていいるという話だったのに、久作はいなかった。その後も何度か足を運んだが、久作には会えていないという。

「あたしの他にも、久作さんを探している人はいて、もう何日も足を運んでいるのに会えないって怒っていたわ」

「そうなのか」

そういえば、鬼勘も久作を探しており、芝居小屋へ様子を見に行くと言っていた。今の話からすると、鬼勘も会えていない見込みが高そうだ。

（いや、むしろ鬼勘が探していると知って、来なくなったんじゃねえのか）

喜八はふと思いつき、その考えをおあさに話してみた。

「鬼勘の動きを察して……。確かにあるかもしれないわね。悪党は不思議とそういう動きを察するものだから。たぶん悪党同士の裏のつながりがあるんだろうって、お父つぁんは言ってるけど」

　おあさは難しい顔つきになって言う。

「もし本当に鬼勘の動きを察して姿を消したのなら、久作さんは本物の悪党かもしれないわ」

「そこまでの悪党には見えなかったけどな」

　と、喜八はお菊に話しかけていた時の久作を思い出して呟(つぶや)く。

（ま、しがない小悪党ってとこかね）

　ひそかに浮かんだ感想は、口には出さなかった。

「けど、それなら、久作さんを木挽町で見つけるのは無理かもしれないな」

　喜八が真間村の喜八に目をやりながら言うと、おあさも沈んだ表情でうなずいた。

「あたし、これから真間村の喜八さんに付き添って、芝居小屋までご一緒しようと思うの。それで会えればいいけれど、たぶん会えないでしょうね……」

　と、おあさが溜息(ためいき)を漏らした時、真間村の喜八が箸を置いて、両手を合わせた。

「ごちそうさまでした」

「ご丁寧にどうも」

　二人の喜八は互いに頭を下げ合う。

「それじゃあ、喜八さん。そろそろ行きましょうか」

おあさが声をかけ、真間村の喜八はのっそりとうなずいた。

「あの、喜八さんは久作さんに会えなかったら、また何日か江戸にお泊まりで？」

喜八の問いに答えたのは、おあさである。

「今回はお菊さんの付き添いでもないし、すぐにお帰りになるんですって。何日も留まったところで、久作さんに会える見込みは薄いし、その方がいいってあたしもお勧めしたの」

「そうだな。お菊さんにはさ、この江戸の怖いお役人、天下の中山勘解由さまが久作さんに目をつけてるって話でもして、納得してもらうしかないな」

「それだけじゃ駄目よ」

と、代金を台上に置いて立ち上がりながら、おあさは言う。

「他に何かいい手でも？」

「そりゃあもう」

おあさはにっこりして、二人の喜八の顔を見比べる。

「せっかく江戸まで出てきて、手ぶらで帰ってごらんなさい。お菊さん、もっとかんかんになっちゃうわ」

「お菊さんに江戸土産を買っていくってことですね？」

おくめがおあさに続いて、ぴょんと立ち上がりながら言う。

「お菊さん、きっと喜びますよ。喜八さんからの贈り物」

「そうそう。あたしとおくめがちゃあんと見立てて差し上げますから、安心してくださいね」

と、真間村の喜八に目を据えて、おあさは言った。

真間村の喜八の当惑気味の眼差しが、喜八の方へと流れてくる。助け舟を求められても困ると、喜八は肩をすくめた。

「まあ、おあささんがそう言うなら、従っておいたらいいんじゃないですかね。女同士、気持ちが分かるってこともあるでしょうし」

自分には、あのお菊の気持ちはさっぱり分からないが……と思いながら、喜八は言った。

「わ、分かり……ました」

真間村の喜八がどことなく意を決した様子で言う。

こうして話はまとまり、三人はそろって店を出ていった。その後、顚末（てんまつ）を知らせに戻ってきてくれるかなと喜八は期待していたのだが、その日、おあさたちが再びかささぎの暖簾をくぐることはなかった。

二

　おあさとおくめがかささぎに現れたのは、その翌日の昼間のことであった。菊若水の一件がどうなったか尋ねると、やはり山村座の前で久作に会うことはできなかったそうだ。八月に入って演目が「紅葉狩」に変わり、芝居を見に来た客は大勢いたものの、菊若水を買いに来ている人の姿は見当たらなかった。

　三人でしばらく待ってみたものの、やがて見切りをつけ、日本橋へ向かったとのこと。お菊への贈り物はあれかこれかと、おあさとおくめが相談したくだりを聞かされた末、

「最後は、簪を選んで差し上げたのよ」

　というところに話は行き着いた。

「柘植の簪なんですけれど、菊の花が透かし彫りにされていて、お菊さんにぴったりなんです」

　おくめがいつもより数段高い声で昂奮気味に報告してくれる。

「簪とおそろいの櫛もあったのだけれど、さすがに櫛はまずいから」

　求婚の意に取られることもあるし、そうでなければ、「苦」「死」に通じるため、贈り物としては縁起が悪いとも言われる。そういうことを話しても、真間村の喜八はどうもぴん

とこない表情を浮かべているばかりだったそうだが、おあさとおくめはそれなりに楽しかったらしい。

「真間村の喜八さんは、何を見ても『いい』としか言わないから、ちょっと張り合いがなかったですけど」

　おくめは少しもどかしそうに言うが、

「どれもお菊さんには似合うとお思いだったのよ」

　と、おあさは分かったふうな口ぶりで言う。実のところ、お菊とはどういった仲なのか、最後まで話してくれはしなかったそうだが、お菊への贈り物を買うことに、真間村の喜八はまったく躊躇（ちゅうちょ）しなかったのだとか。最後は簪を大事そうに懐に入れ、帰路に就いたそうだ。

　食後にそんな話を聞いていたところへ、おしんと梢が店へ入ってきた。

「ああ、おしんさんと梢さん。いらっしゃい」

　喜八は急いで二人を迎えに戸口へ向かう。

　入ってきた二人の眼差しはいったん喜八に向けられた後、すうっとおあさたちの方へと流れていった。心なしか冷えた眼差しである。

「よく来てくれたね。今日は『紅葉狩』を見に木挽町へ？」

「いいえ」

梢はおあさの方へ向けた目をそらしもせずに答えた。

「実はね、喜八さん」

おしんが喜八に目を戻して言う。

「前にお話ししたおすまちゃんのことで、少し分かったことがあるから、喜八さんにも聞いてもらおうと思って来たの」

おすまと言えば、新之丞と付き合っている娘であり、菊若水を愛用していたことも分かっている。ここは、おあさとおしん、梢を引き合わせ、互いに知ることを話し合ってもらえたら、新たな収穫もあるのではないか。

皆、年齢が同じくらいだし、芝居が大好きというつながりもある。その上、おあさは東儀左衛門の娘だ。これまでも、かささぎで顔を合わせており、仲良くなるのに差し支えはないはずだが……。

どことなく、二人の――特に梢の、おあさを見る目には険があった。おあさたちは奥の「い」の席に座っており、その隣の席が空いている。そこへ案内してよいものかどうか。

一瞬、喜八が迷っていると、

「ねえ、喜八さん」

梢が先に言い出した。

「あたしたち、あそこの席がいいわ」

と、指さしたのはおあさの隣の席である。

「ああ、もちろんいいよ。さ、奥へどうぞ」

喜八は梢たちを席へと案内し、すぐに麦湯を取りに調理場へ下がった。

「若」

様子を察した弥助が、すぐに調理場へ引き揚げてくる。

「あのお二人をおあささんに引き合わせるんですか」

「いや、どうも梢さんの目が怖くてさ。離れた席の方がいいかなと思っているうちに、梢さんの側から、おあささんの隣の席がいいとか言い出して。何を考えてるのやら」

喜八の言葉に、弥助は軽く息を吐いた。

「それは、若とおあささんの仲を、間近で見定めようということかもしれませんね。あるいは、圧力をかけようというのかもしれませんが」

「仲も何も、俺はお客さんには誰にでも平らかに愛想よくしてるしなあ」

「それで、引き合わせはどうするんですか。もちろん、どちらかから頼まれたら引き受けざるを得ませんが」

弥助が問いただしてくる。

「それなら、こっちから切り出した方がいいだろうな」

喜八が覚悟を決めて答えると、「俺もそう思います」と弥助が続けた。

「俺もご一緒しましょうか」

「そ、そうだな」

他のことなら自分で何とかすると言いたいところであったが、女人の考えていることはまったく分からない。

「よろしく頼むよ」

いっそ弥助にすべて任せてしまいたいところだが、さすがにそうもいかないだろう。

「とりあえず俺が注文を取りに行くから、お前はさりげなく声をかけてくれ。季節の御膳を勧めた時のように、さりげなくだぞ」

麦湯の用意を調えながら手早く打ち合わせる。それから、喜八は先に客席へと向かった。ところが――。

何と、あれだけ険悪――なように見えた梢がおあさの方に身を乗り出し、何やら楽しげに話しているではないか。おしんは梢よりは落ち着いていたが、やはり和やかな笑顔。おあさの舌はいつも通りの絶好調で、二人を相手に滑らかに回り続け、おくめは目を輝かせながら、うんうんとうなずいている。

（わずかな間でこれほど打ち解けるなんて、いったいどうなってるんだ）

見当もつかぬまま、喜八は恐るおそる、おしんと梢の席に近付いた。

「麦湯をどうぞ」

と、二人の前に置きながら「いつの間に仲良くなったんだい？」と平静を装って尋ねる。弥助のようにうまくやろうと思うのだが、内心どぎまぎしているから自信はまったくなかった。

「おあささんって、東儀左衛門先生のお嬢さんなんですってね。少しも知らなかったわ。それを聞いて、あたしたち、驚いてしまったのよ」

と、おしんが答える。

（ああ。人気の狂言作者の娘ってことで、わだかまりが解けたのか）

と思っていたら、梢が昂奮気味に口を開いた。

「それに、喜八さんの贔屓筋（ひいきすじ）なんですってね」

「えっ？　俺の贔屓筋って何のこと……」

喜八は言いかけたが、

「あたしね、おあささんに最初にお尋ねしたの。今の役者の中で、誰をいちばん贔屓にしているのかって」

という梢の言葉に遮（さえぎ）られてしまった。

「あたし、喜八さんって答えたのよ」

おあさはしれっと言い、梢と顔を見合わせて、うふふと笑い声を漏らす。

「それを聞いて、『あたしも』ってなったの」

「もちろん、あたしも喜八さんを贔屓にしているわよ」

おしんが横から言い添える。

「だから、あたしたち三人、喜八さん贔屓ってことで仲良くなったの」

梢は先ほどまでの険しい眼差しはどこへやら、おあさに向けられた目はすっかり仲良しの友人を見るものになっている。

「え、あたしは……仲間外れですか」

おくめが心細そうな顔つきになって、おあさに訴える。

「おくめは、弥助さん贔屓でしょ。あなたはそれでいいのよ」

おあさはおくめに言い、梢たちと目配せしながら笑っている。後ろから来ている弥助が聞いていたら、おくめが気まずい思いをするのではないかと、喜八は振り返ったが、弥助は少し離れた客席の方にいた。

どうやら、状況が変わって援護は必要ないと見定めたものだろう。おくめのためによかったと、喜八は内心でほっと息を吐く。

「えっと、おしんさんに梢さん。誰の贔屓かってことはともかく、ご注文を訊いてもいいかな」

二人とも昼餉（ひるげ）はすでに摂（と）ってきたそうで、おしんは心太（ところてん）、梢はかりかり舞茸をそれぞれ注文した。喜八はそれを松次郎に伝えた後、再び一同のところへ取って返した。互いを引き合わせる必要はもうないが、菊若水の話を双方に伝え、それぞれの知っている話を引き出す舵取り（かじと）は必要だろう。

「おしんさんと梢さんは、前に聞かせてくれたおすまさんのことで、話があると言ってたよね」

喜八が二人に話を持ちかけると、二人の表情は急に真面目（まじめ）なものになった。

「その話を聞く前に、ちょっといいかな。こちらのおあささんもちょっと事情を知ってる話だから、皆に聞いてもらいたいんだ。菊若水という化粧水のことでね」

おしんと梢の表情が緊張する。それから、喜八は菊若水を売る久作のこと、おあさが久作から菊若水を買ったこと、菊若水の粗悪品を売られた客がいたことなどを、順を追って話していった。

久作の話が出たところで、梢が「えっ」と小さな声を上げたが、おしんが「まずは喜八さんのお話を最後まで聞きましょう」と言い、梢もそれにうなずき返す。

喜八の話が一通り終わってから、おしんと梢を促すと、

「あたしたちが聞いた話と少し違ったので驚いたわ」

と、梢が呟いた。それを受けて、おしんが語り出す。

「実は、今日、喜八さんにお話ししようと思っていたことなんだけれど……。あたしたちの友人のおすまちゃんは、玉上新之丞から菊若水を買っていたのよ」

「えっ、新之丞さんから？」

喜八は思わず目を瞠った。

「売り方も、その久作さんという人によく似ているわ。新しい客を連れていけば、二本目からは安くしてくれるという話も。それにね、これはあたしの想像なんだけれど、おすまちゃんは新之丞から菊若水を買うのと引き換えに、お付き合いを始めたんじゃないかとも思えるの」

「それは……」

本当に二人が親しくなったとは言えまい。男女の仲ではもちろんなく、役者と贔屓筋というのともやや違う。化粧水の売り買いに名を借りた、色の売り買い。実態はともかく、そう見られても仕方のない関わり合いだ。

沈黙が落ちた時、「お待ち遠さまでした」とふだん通りの声で弥助が現れ、おしんと梢の注文した心太とかりかり舞茸を運んできた。

「揚げ立ての香ばしいにおいね」

梢が救われたように口もとをほころばせる。

「どうぞ、ゆっくり召し上がれ」

喜八も思い出したように客用の笑顔を浮かべて、おしんと梢に告げた。

「……お前がいてくれてよかったよ」

やはり頼りになる男だと思いながら、喜八は調理場へ戻った時、弥助に礼を言った。

三

玉上新之丞も菊若水を売っている、さらには久作と知り合いかもしれない。本人に訊いてみれば済む話だが、前に六之助が聞き出せなかったことから、「それは悪手でしょう」と弥助は言った。喜八もそう思う。たぶん新之丞は断じて認めず、警戒だけされて終わることになるだろう。

「しばらくは様子を見るしかないか」

とはいえ、儀左衛門と六之助、できれば鬼勘にも、新之丞の話は知らせた方がいい。だが、鬼勘は七月の終わりに、久作のことを尋ねてきた時以来、姿を見せていなかった。

「とりあえず、東先生たちに伝えれば、山村座へも話を通してくれるでしょう。鬼勘に話すかどうかも、山村座にお任せすればいいのではありませんか」

と、弥助は言う。鬼勘は演目が変わる度、芝居小屋を訪れているようだし、山村座から鬼勘に話をする伝手もあるだろう。

そうした相談の上、待ち受けていると、八月五日の日も暮れてから、儀左衛門と六之助が二人で現れた。

「今日は山村座に呼ばれたのでな。芝居が終わった後、四代目や鈴之助はんと話をしていて、帰りが遅うなってしもた」

儀左衛門はいつになく疲れた様子であった。六之助はそんな儀左衛門を労りながら、少し困惑気味の表情を浮かべている。山村座との話し合いで何かあったのだろうかと思いながら、注文の品を訊くと、いつものように酒の肴になりそうな料理がいくつか注文された。

ところが、その後、

「お酒はとりあえずお銚子一本で。料理と一緒に運んでもらえるでしょうか」

六之助の口からはいつもと違う言葉が追加される。ふだんなら、先に用意の調った酒と漬物などで、料理が出来上がるまでの間を持たせているのだが……。

「何や。酒を先に運んでもらえばええやないか。今日に限って、なんでそないなことを言う」

儀左衛門が不服そうに口を挟んだ。

「しかしですね、先生。すきっ腹に酒をがぶがぶ飲むと、酔いが早く回って悪酔いするそうです。大酒飲みの兄貴から聞いた話ですので」

と、六之助は、自らの兄であり元かささぎ組の一員でもある鉄五郎を引き合いに出して言う。

「あてが、あんたの兄貴のように、見境なしに大酒くらって酔っ払うと言うんか」

儀左衛門が眉を寄せた。

「いえ、先生はうちの見境なしの兄貴とは違います。しかし、今日はお心にさまざまなものを抱えておいでででしょう。そういう時こそ、ご用心がいるのではないかと――」

「ええい、うるさい。若旦那、酒を先や。早う酒を持ってきい」

どうしたことか、儀左衛門がまるで聞き分けのない駄々っ子のようだ。よほど腹に据えかねることでもあったのだろうかと思いながら、ちらと六之助を見やると、「どうか、うまくとりなしてください」というような目をしている。

「承りました。少々お待ちください」

とりあえずはそう応じて下がり、料理がいくらか出来上がるまで、酒を運ぶのを控えるしかあるまい。衣揚げをはじめとする注文を松次郎に伝え、

「少し急ぎで頼む」

と、付け加える。

「何か荒れているようですね」

調理場に入ってきた弥助があきれ気味に言った。もちろん、儀左衛門のことだ。

「何があったかは聞いてないんだが……」

「まあ、後でじっくり聞いて差し上げるしかなさそうですね」

溜息混じりの弥助の言葉に、喜八はうなずいた。儀左衛門には世話になっているから、

愚痴を聞くくらいは何でもないが、さすがにくだを巻く酔っ払いは困る。

「里芋の煮物なら、もう出来てますんで」

その時、松次郎がささっと注文の品を差し出してきた。里芋の他にもう一品、黄色い餡（あん）の入った皿がある。

「これは、栗をつぶしたものか。東先生たちの注文にはなかったはずだけど」

「松のあにさんから、お二人へのおごりってことでしょう」

口数の少ない松次郎の代わりに、弥助が説明してくれる。松次郎からの抗弁はないので、弥助の言葉で合っているのだろう。

「これは、例の名月御膳の品じゃないですかね」

弥助はさらに言う。

確かに、今日は暖簾を下ろした後、中秋に出す御膳の試食を行うことになっていた。そのことは、儀左衛門と六之助には伝えていなかったが、野性の勘で嗅ぎつけたものか。

「まあ、あの調子なら暖簾を下ろした後も居座られるでしょうし、お二人の感想を聞けるのもためになるでしょう」

「そうだな」

喜八はうなずくと、麦湯と酒の用意に取りかかった。すぐに酒を持っていけば、ひとまず儀左衛門も機嫌を直すだろうし、料理もあるからそれをつまみながら飲めば、さほど悪酔いもするまい。

弥助は松次郎と何やら言葉を交わしていたが、栗餡の皿を盆に載せながら、

「この栗餡は蜜で煉ってあるそうです」

と、喜八に告げた。

「そりゃ、甘いもの好きの六之助さんに喜ばれそうだな」

「はい。ですが、東先生にも酒を飲む前にお勧めしてみてください。人にもよりますが、酒よりお茶や麦湯の方が欲しくなるはずですから」

「おお、そうか」

こうした弥助の助言を受け、喜八は支度を調えると、儀左衛門たちの席へ向かった。

銚子とぐい呑みが用意されているのを見るなり、儀左衛門は口もとをほころばせた。

「おお、若旦那はやはりあての味方や」

いつもなら六之助に酌をさせるのだが、今日は邪魔されるとでも思っているのか、台上に置かれた銚子をささっと自分の方に引き寄せている。

「まあまあ、先生。一杯目は俺にお酌させてくださいよ」

喜八は笑顔で言い、里芋や栗餡の皿を置く傍ら、銚子を手に取った。

「若旦那、こちらの黄色い餡の品は注文していませんが……」

六之助が申し出てきたが、「これはうちの料理人からのおごりでして」と笑顔で受ける。

二皿用意したそれを、儀左衛門と六之助それぞれの前へ進め、

「栗の餡だそうです。ぜひ味見して、感想をお聞かせください」

と、告げた。

「これは、美味（うま）そうですな」

六之助は興味を示した。

「ささ、東先生もまずはこちらを。料理人が先生のお言葉を待っていると思いますので」

「さよか。ほな、先に味見させてもらいまひょか」

儀左衛門はつられた様子で、ぐい呑みよりも先に箸を手に取った。目の前の料理に気を取られ、心なしか、先ほどまでの不機嫌の色も薄れたようである。

「ふん、えらいきれいな山吹色をしてるな。これは蜜を入れてるんか」

「念を入れて煉ったのでしょうね。まるで絹のようにつややかです」

そんなことを言い合いながら、儀左衛門と六之助は仲良く同時に餡を口に入れた。

「おお」

どちらの口からか、感嘆の声が漏れる。

「これは……」

儀左衛門は二口目を箸ですくい、山吹色の餡を舌でなめとる。

「ええ塩梅（あんばい）の甘味や。栗の風味もしっかり感じられる」

「まったくです。それに何と滑らかなのでしょう。こんなに優しい舌触りの餡は初めてです」

二人ともお気に召したようだ。さらに、儀左衛門は何も言わずに麦湯を飲み、酒のことは一瞬でも忘れたようである。

「これは、お品書きにはないようですが」

六之助が壁の品書きを確かめながら尋ねた。

「はい。まだ栗はそんなに仕入れていませんので。でも、中秋の頃には品書きに加わるかもしれません」

「それでは、追加で注文することはできないのですね」

早くも栗餡の皿を空にした六之助が、少し肩を落として言う。儀左衛門も遅れて栗餡を食べ終わり、里芋へ目を向けたのを機に、喜八はおもむろに酌をした。

「実は今日、芋名月と栗名月の御膳を試すことになってるんです。ぜひ味見して、お考えをお聞かせ願いたいところなんですが」

二人にだけ聞こえる声でこっそりとささやく。

「お、そないなことなら、任しとけ」

儀左衛門は胸を張る。

「でしたら、東先生は六之助さんの言うことをちゃんと聞いて、お酒はほどほどにしてください。酔っぱらってしまわれては困るので」

笑顔で釘をさしておくと、さすがに渋い表情ながら「分かっとる」と儀左衛門は言った。

その後、出来上がった衣揚げや焼き物、煮物などを運び、儀左衛門もほどよく酒を飲んでいるうち、暖簾を下ろす時刻になった。最後の客が帰っていった後、儀左衛門はかりかり舞茸をつまみながらぐい呑みを傾け、六之助は秋茗荷の甘酢漬けを突いている。

松次郎は客が少なくなってきた頃から、芋名月御膳と栗名月御膳の支度に取りかかっていたらしい。もうそろそろ出来上がるというので、喜八は調理場に呼ばれた。

「とりあえず一膳ずつ、お客さんに供するのと同じ形で作ってくれるそうです。それを若と俺とで食べ比べていくってことでいいですか」

「そうだな。東先生たちには味見してもらえるのか」

「御膳という形にはしませんが、同じ料理を皿に盛ってもらって、お二人にも味見してもらいましょう」

そうして話がまとまると、出来上がるまで客席の方で待っているようにと、喜八は言われた。出来上がったものは松次郎と弥助で運ぶので、先に儀左衛門の愚痴を聞いておいてくれということらしい。

そこで、喜八は儀左衛門たちの隣の席へ腰かけると、

「今日、山村座で何かあったのですか」

と、儀左衛門に話を持ちかけた。

「それや、それ。それを話したかったのや」

儀左衛門は手にしていたぐい呑みをどんと台の上に置くなり、大きな声を出した。

「あての書いた芝居にけちが付きそうなんや」

「いえ、先生。けちが付くと決まったわけではありません。うまくいけば、山村座に新しい花形が生まれるかもしれないんですよ」

六之助が即座になだめにかかる。

「どういうことです？」

いろいろ手がかりになる言葉が飛び出してはいたが、話の流れが喜八にはさっぱり分からない。

「来月の『菊慈童花供養』の穆王(ぼくおう)役や。あては鈴之助はんにと言うてたのに……」

「ああ、叔父さんが辞退したという話は聞きましたが」

「それを、玉上新之丞にやらせると言うのや」

「え、新之丞さん？」

真っ先に喜八の脳裡(のうり)に浮かんだのは、大丈夫なのかという不安であった。役者としてどうこう言う以前に、素行の難があり、今も何らかの悪行に関わっているか利用されている恐れがある。

六之助がおもむろに口を開いた。

「新之丞の問題については、若旦那もご存じの通りです。先日、本人から聞いた話はすべて先生にお話ししましたし、四代目と鈴之助さんにも伝わっています」

「それなのに、新之丞さんを大役に抜擢（ばってき）すると決めたんですか」

「もう後がないことを自覚させるためだそうです。もちろん、博打（ばくち）のことに加え、贔屓筋の娘さんとのお付き合いのことで、新之丞は四代目から厳しく叱責されたとか。とはいえ、ここで潰してしまうには惜しい才だと、鈴之助さんがとりなしたんです。あ、これは新之丞には内緒の話ですがね。もともと、鈴之助さんは今度の穆王役を新之丞に譲るつもりだったんですが、素行の悪さが明るみになり、話が頓挫していた。その後も紆余曲折（うよきょくせつ）はあったようですが、とどのつまり、最後の機会をやって覚悟のほどを見定めようとなったわけです。これで失敗したら、新之丞は破門になるでしょうが……」

「あては反対した。穆王役は主役の菊慈童より難しい役や。穆王の出来不出来で、芝居の出来栄えが決まるような役やのに……」

「先生」

六之助が不意に居住まいを正すと、儀左衛門を正面から見据えた。

「新之丞は私の友人です。そのため、どうしても見方が甘くなってしまう。ですから、先生の本音をお聞かせください。あいつには女形（おやま）の才がないのでしょうか」

儀左衛門は手にしていたぐい呑みの酒を一気に呷り、しばらくの間、沈黙していた。

「……才がないとは言うとらん」

ややあってから、いささか不本意そうに、ぼそっと言う。

「鈴之助はんのような華やかさはないけど、癖のある女子の役をやると光るもんがあった。『雪松原巴 小袖』では巴御前に嫉妬する山吹御前の役を上手う演じてた」

「先生のお芝居の穆王は、若くて美しい男に嫉妬する女という、まさに癖のある役です。ならば――」

「せや。鈴之助はんが新之丞を推すのも同じ理由やろ。けど、生活が荒れとる役者は芸にもそれが出る。ひいては、芝居そのものの出来不出来に関わってくるのや」

「先生のお芝居を、新之丞一人に壊させやしません」

六之助は声を張って告げた。

「私から、もう一度、新之丞に忠告します。大役に就いたからといって図に乗らぬようにとも言って聞かせます。だから、新之丞にようやくめぐってきたこの機会を、どうか認めてやってください」

六之助は額が台につきそうなほど、深々と頭を下げた。儀左衛門は不機嫌そうに口をつぐんだままである。

「四代目や叔父さんにも考えがあるんでしょうし、新之丞さんだって馬鹿じゃありません。

大役をもらった大事な時に、身を持ち崩すような真似はしないでしょう」

喜八は二人の間を取り持つように言った。六之助はなおも頭を下げたまま動こうとしない。やがて、根負けしたといった様子で息を吐いたのは、儀左衛門の方であった。

「新之丞の友人と言うのならな、伝えとき。あては納得がいくまで妥協はせん、とな」

「ありがとうございます、先生」

六之助が伏せていた顔を上げ、明るい声で言う。

ひとまずはこの場が収まったことにやれやれと思った時、調理場から膳を手にした弥助と松次郎が現れた。

四

「ほほう、これが芋名月で、こっちが栗名月とな」

並べて置かれた二つの膳を見比べ、儀左衛門が興味深そうに呟く。

芋名月御膳は里芋を中心にした献立だ。里芋と油揚げの炊き込みご飯に、串刺しにした里芋の揚げ物、葛を使った里芋の餡かけの他、里芋を蒟蒻や蓮根、油揚げと一緒に煮込んだ煮しめもある。そして、要は里芋と豆腐、椎茸にしめじ、舞茸等の鍋物だ。他に串切りの酢橘を添えた松茸の焼き物が載っていた。

栗を中心とした栗名月御膳は、栗の炊き込みご飯に、栗としめじの味噌汁。ご飯の上にはごま塩が載っていて、見た目も美しい。要は栗と椎茸、蒟蒻等のうま煮で、他に儀左衛門たちに供した栗餡とふわふわ玉子が添えられていた。

「これは松茸の焼き物で、こっちはお品書きにもあるふわふわ玉子ですよね」

六之助が芋名月御膳の焼き松茸、栗名月御膳のふわふわ玉子をそれぞれ指して言う。それ以外の品は、芋か栗が使われていると見てすぐ分かるものばかりだが、この二皿だけは芋や栗が入っていないように見えた。芋や栗を使っていない品をそれぞれの名月御膳に入れていいのか、というわけだが、

「とりあえず、いただきましょう」

と、言う弥助は自信たっぷりだ。

「お前は松つぁんから、作り方も聞いているのか」

喜八が尋ねると、

「はい。昨日の夜、いくらかはお手伝いもしましたので」

と、弥助は思わせぶりにうなずいた。

「それにしても、おおよそは予想していたが、見た目の違いがあからさまやな」

と、儀左衛門が腕組みしながら言う。確かに、それは喜八も感じた通りで、鮮やかな色合いの栗名月御膳と比べ、芋名月御膳は目立たない。ただでさえ、秋の味覚と言えば栗と

考える人が多そうなのに、これでは競い合いが成り立たなくなってしまわないだろうか。

「先生のおっしゃる通りで」

松次郎が低い声で、やや無念そうに言う。

「いや、待ってくれ」

里芋の鍋物をじっと見ていた喜八は声を上げた。

「この里芋、きれいな真ん丸の形をしている。これって満月なんだろ。それに、椎茸の笠にもみじの形が刻まれているぞ」

「そうなんです」

弥助が意を得たりという様子で破顔した。

「見た目の地味さを補うべく、松のあにさんが工夫されたんです」

「おお、そないになっとるのか」

儀左衛門と六之助が里芋の鍋物をのぞき込み、感嘆の息を漏らした。

「弥助、余計なことは言うな」

松次郎が先ほどよりも低い声で言う。弥助はまだ言い足りないという表情だったが、素直に口をつぐみ、喜八と弥助は席に着いた。松次郎は調理場へ取って返し、里芋の鍋物や栗のうま煮、その他の副菜を皿に盛って戻ってくる。それらを手際よく、儀左衛門たちの席に並べていく合間に、

「あんさんの食事はどないなっとる？」

と、儀左衛門が松次郎に問うた。「これからですが」と答えた松次郎に、

「ほな、ここで一緒に食べまひょ。御膳を食べてる若旦那たちと一緒より気楽やろ」

と、儀左衛門は誘いかける。松次郎が喜八の方を見てきたが、その表情は特に困っているふうでもなかったので、「松つぁんがよければいいんじゃないか」と喜八は答えた。

「なら、そうさせていただきやす」

松次郎はもう一度調理場へ取って返し、自分の分の飯と味噌汁をよそい、戻ってきた。

「では、いただきます」

喜八と弥助は手を合わせ、それぞれの前に置かれた御膳の料理を食べ始めた。喜八の前にあるのは栗名月御膳。まずは見た目もきれいな栗ご飯を手に取った。一口食べると、栗と一緒に炊き上げたご飯はふんわりと甘く、ごま塩のしょっぱさがそれをまた引き立てている。

「うーん、お菜がなくても、いくらでも食べられそうだ」

とはいっても、半分は弥助のために残しておかなければならない。

次に、栗としめじの味噌汁を飲んだ。これまた、不思議なほど優しい味がする。栗は柔らかくほぐれ、うま味が味噌汁の中に溶け込んでいた。栗を含めば口の中でほろほろと溶けていくようで、実に美味い。

気になっていたふわふわ玉子は、一口食べると栗入りであることがすぐに分かった。栗の甘さが玉子と一緒になり、菓子のような趣である。さらに、栗の食感がちゃんと分かる程度に残されており、玉子のふわふわした柔らかさとは違っていて、面白い。噛み締めれば、栗の風味がしっかり伝わってくる。

「こりゃ、いいな。栗の採れる季節には、栗入りふわふわ玉子を品書きに加えるのもありだぞ」

そして、蜜を煉り込んだ栗餡の滑らかさといったら。このまま食べてもいいが、団子や餅と一緒に食べたくなる。

しかし、どれも美味いがふわふわ玉子も栗餡も甘く、ご飯と味噌汁もふだんのものに比べればやはり甘い。ここまでくると、反対の味わいのものが欲しくなる。

そんな思いで、栗入りのうま煮に箸をつけた。これは、醤油で少し濃いめに味付けされ、甘味は抑えられているようだ。蒟蒻や椎茸にもしっかり味が染み込んでいる。栗を口に含むと、それ独自のほのかな甘みと濃いめの醤油が絡み合って、滋味が口いっぱいに広がっていく。ご飯が欲しくなる味付けで、要のお菜としての役割をしっかり果たしていた。

「うん、栗名月御膳は抜群だ。うま煮があるから他も引き立つ。さすがは松つぁんだな」

こうして一通り栗名月御膳を食べてから、弥助と皿を取り換え、芋名月御膳に取りかかった。こちらは見た目こそ地味だが、里芋と油揚げの炊き込みご飯は素朴ながら相性抜群で、薄味のねっとりした里芋からは素材そのものの滋味が感じられる。餡かけはもうお馴染みで、味の染み込んだ里芋と滑らかな舌触りの葛の組み合わせは、すでに客たちからも定評があった。片や、串刺しの揚げ物は初のお目見えとなる一品だ。弥助から聞いた話によれば、いったん塩ゆでした里芋に粉をまぶして油で揚げたとのこと。表面はさくさくしているが、中の里芋はほくほくして、初めて知る美味しさだった。これも新しく品書きに加えたいなと弥助と言い合いながら、次いで鍋物へと箸を向ける。

　里芋を中心に、種々の茸と豆腐を合わせた鍋物だ。薄い味付けの出汁に素材のうま味が染み込んでいる。そのまま食べても美味しいが、味噌とつゆが用意され、それぞれの味わいを楽しむことができた。

ただし、芋目月御膳の出色は焼き松茸――いや、そう見えていたものだ。松茸は皿に二本載っており、初めに食べたのはふつうの香り高い松茸だった。しゃきしゃきした食感に、嚙むごとにふわっと鼻へ抜けていく独特の香りと味わい。

　ところが、二本目は箸をつけるなり、笠の表面がはがれた。その時、初めてまじまじとそれを見たが、何かが違う。「えっ」と声を上げると、弥助がにやにやしながら、こちらを見ていた。そう言えば、焼き松茸はもともと二本、弥助とは半分ずつ食べることになっていたのに、弥助は松茸に箸をつけてなかった。喜八は急いで二本目を口に放り込む。案の定、それは焼き松茸ではなかった。

覚えのあるほくほくした歯触りに、噛めば噛むほど口に広がっていくねっとりとした秋の滋味。

「これ、里芋じゃねえか」

「はい。言わば松茸の役に扮した里芋というわけです」

弥助がいささか得意げに言った。里芋の皮を松茸の笠に見立てて残し、あとは芋を松茸の形に切って、本物に見せかけたのだ。よく見れば気づくだろうが、他の料理と一緒に、それも本物の松茸と一緒に載っていると、うっかり騙されてしまう。

松次郎の方を見やると、こちらを気がかりそうに見つめてくる目と、目が合った。

「すごいな、これ。いや、松つぁんはやっぱりすごいよ」

食べて分かる見た目の奇抜さはもちろん、塩だけで味付けされた焼き里芋の素朴な味も印象深い。本物の松茸と一そろいで秋の味覚を味わえるのも客を喜ばせるはずだ。

「芋名月も負けてないいな。これならお客さんに十分満足してもらえると思う」

満ち足りた思いで喜八が言うと、弥助もうなずいた。

「俺もそう思います。当日はいい勝負になるのではないでしょうか」

喜八と弥助がうなずき合っていると、

「ちょいとええか」

と、隣の席から儀左衛門の声がかかった。

「芋名月御膳の鍋物は里芋といい椎茸といい、松次郎はんの工夫で見栄えもする料理になった。焼き物もあっと驚く趣向や。それだけに、ぱっと見た時の華やかさが足りんのがえろう残念でな。今の季節の青物で、鍋に入れられるもんがないか考えてみたのや」

「何か思いつかれたんですか」

弥助が身を乗り出すようにして問うた。

「小松川（こまつがわ）の辺りで採れる冬菜がもうそろそろ時季やないか。癖もないさかい、鍋に入れてもいいと思うで」

と、儀左衛門が言えば、六之助も続けて、

「あとは、食べられる菊の花を鍋に入れるという手もありますね」

と、言った。

「どっちも入れればずいぶん彩りのある鍋になりそうだな」

「ですが、菊の花は節句に取っておく方がよいと思います」

弥助が少し気遣わしげに言う。

「何といっても里芋が主役ですから、それを食ってしまう脇役はどうかと……」

「それもそうだな」

松次郎の作ってくれた料理で、里芋はそれ独自の美味しさを十分に発揮してくれている。見た目が派手でないのは確かだが、手の込んだ技の工夫も美しさもある。菊の花を添えれば華やかにはなるだろうが、どうしても菊に目がいってしまうだろう。芋名月の晩にかすんでしまっては、里芋がかわいそうだ。やはり、菊には九月九日の節句まで出番を待ってもらうとするか。

（食べられる菊の花を節句の献立に使うのもありだよな）

この時、喜八はそのことを心に留めた。

「なら、俺は棒手振りの甚兵衛さんに、冬菜のことを訊いてみますよ。他の八百屋も当たってみますんで」

弥助はすぐに喜八と松次郎に向かって言った。

「おう、それで頼むよ」

と、喜八は言い、松次郎からの言葉はないが、弥助に任せるつもりらしい。

「それでは、これで『栗名月御膳』と『芋名月御膳』の支度は万端相調ったというところですな」

六之助がにこにこしながら言った。儀左衛門と六之助はそれぞれの御膳の一部を味見したそうだが、やはり当日、きちんとした御膳で食べ尽くすのを楽しみにしているそうだ。

「で、お二人はどっちを頼むおつもりで？」

喜八が興味を持って尋ねると、儀左衛門と六之助ははたと顔を見合わせ、うーんと唸り始めた。

「若旦那、当日はどちらかしか頼めないので？」

六之助は眉尻を下げて訊いてくる。

「いや、頼めないわけじゃありませんけど、ふつうは一人前しか食べられないでしょ」

「それに、栗名月と芋名月、どちらの注文が多いか、常に公にして、お客さんの心をあおる策でしたよね」

弥助の言葉に、儀左衛門と六之助ははっとした表情になり、先ほど以上に悩み始める。

「やっぱり、私は栗名月……ですかね。甘いものが好きですし。しかし、芋名月の素朴な味わいも捨てがたく」

六之助は頭を抱えた。

「あんたが栗なら、あては芋にしとこか。里芋の串揚げは酒に合いそうやし、鍋の里芋は出汁の味が染み込んで美味かったしな。けど、栗餡の滑らかさもこれまた……」

と、儀左衛門もなかなか踏ん切りがつかなそうだ。

「まあ、当日までは間がありますから、ゆっくりお決めください」

喜八は優柔不断な二人に言い置き、弥助らと片付けを始めた。

「二人で半分ずつ食べることにしよか」

その間もなお、儀左衛門と六之助の相談は続いていた。

五

それから日は瞬(またた)く間に過ぎ、いよいよ八月十五日――。

気持ちのよい秋晴れで、このままの空模様なら美しい満月が見られそうである。この日の昼は、御膳を食べようという客でいっぱいだ。それぞれの御膳は、夏越(なごし)御膳と同じ百文。夏越の祓(はらえ)の折は、かささぎで見たことのない高値に客たちも躊躇しているふうであったが、今回は違う。

「栗名月御膳を二つ、よろしくね」

「こっちは、芋名月と栗名月を一つずつだ」

と、次々に注文が入った。

注文が入る度、喜八と弥助は調理場へ入る横に貼られた紙に、正の字で線を引いていく。それぞれの御膳を頼んだ数はそれを見れば一目瞭然で、時折、「えー、ただ今の注文数は……」と客に知らせてもいる。客の方も面白がってくれて、「今、いくつ？」と注文する前に尋ねてくる者もいたりした。

この日の昼、おあさとおくめが現れたのはさして驚くことではないが、神田佐久間町の三郎太が一緒だったことに、喜八は少し驚いた。

三郎太は喜八が子供の頃から知る兄のような人物で、かささぎを役者に会える茶屋にする寄合の一員でもある。

「いや、なかなか忙しくて、寄合に加われなくて申し訳ない」

三郎太は喜八にも頭を下げてくれるのだが、寄合はおあさがかささぎに来た時、その場の流れでいつの間にか始まっていることが多い。

「でも、おあささんから話は聞いているから安心してくれ。喜八坊と弥助坊の役柄に合わせた衣装も考え始めてる。とはいえ異国が舞台だからな、そう簡単というわけでもない」

最後に寄合に参加したのはひと月前のことになるのに、三郎太は進み具合もしっかり把握しているし、自分なりの問題点も分かっているようだ。

「山村座の本物の衣装がまだ分からないの。そっくりである必要はないんだけれど、あまりかけ離れたものにもできないでしょ。でも、そこはうちのお父つぁんを通せば事情が分かるから、安心してください」

おあさが言うと、「ほんとにおあささんは頼もしいね」と三郎太は笑顔になった。

その後、今日限りの献立が芋名月御膳と栗名月御膳であることを聞いた三郎太は、さほど迷うこともなく、

「俺は芋名月御膳で頼むよ」

と、言った。おあさとおくめは初めから半分ずつ食べ分けると決めていたらしく、

「あたしたちはそれぞれ一膳ずつ頼みます」

と、こちらも迷いはない。その注文を取ったところで、久しぶりに鬼勘が現れた。

「おお、今日は特別な献立があると思って参ったのだが、思っていたより混んでおるな」

空いている席はあるのだが、相席になってしまう。

「どういたしましょう。少しお待ちいただくのも、相席をお願いするのも……」

どちらも鬼勘相手には難しい。すると、

「失礼でなければ、中山さまを寄合にお招きしたいのですが、いかがでしょうか」

おあさが立ち上がって声をかけてきた。

「ん？　おぬしは東先生の娘御だな。寄合とは例の役者に会える茶屋云々（うんぬん）のことか」

「ええ。あちらの三郎太の兄ちゃん、あ、いや、吉川屋（よしかわや）の若旦那ともお会いになっていると思いますが」

喜八が言うと、「覚えておる」と鬼勘はうなずいた。

「では、邪魔をさせてもらうとするか。私も席が空くのを待っているほどの暇はないのでな」

ということで、鬼勘はおあさと三郎太たちと一緒に食事をすることになった。

「今日は、栗名月御膳と芋名月御膳のどちらかがお勧めですよ」

おあさが手際よく話してくれる。おおよそのことをおあさと三郎太から聞いたらしい鬼

勘は、麦湯を運んだ喜八に、

「今は、どちらの御膳が多いのか」

と、尋ねてきた。

「今のところ、栗が七、芋が五で、栗が優勢ですね」

「ふうむ。素材としては栗の方が好みだが、里芋の串揚げと鍋物は食べてみたい。どうしたものか」

「栗の献立はちょいと甘味が強そうですからね。俺は芋名月をお勧めしますよ」

と、三郎太が横から言う。

「あら、六之助さんから聞いたところじゃ、栗餡の滑らかさと栗入りのふわふわ玉子は絶品だそうよ。あれを食べない手はないって言っていたわ」

おあさが口を挟むものだから、鬼勘の迷いはさらに深まったようだ。おあさとおくめが別々のものを頼んで半分ずつにすると聞き、どうして半分ずつ両方注文できないのかと、喜八を恨めしそうに見る。

「失礼でなければ、俺の分の芋名月をお分けしますよ。中山さまは栗名月御膳をお頼みください」

最後には見かねた三郎太がそう言うことで、話がついた。

これで栗名月御膳の注文が八食となり、三食分の差をつけることになる。その後、食事が調うのを待つ間、鬼勘はおあさから寄合の進み具合について話を聞かされていたようだ。

「それで、中山さまには『菊慈童花供養』の演目に合ったお料理をお考えいただきたいんです。菊の節句ですから、菊にちなんだものがよいと思うのですが……」

通りがかりに、おあさの言葉を聞いた喜八は「そうそう」と足を止めた。

「食べられる菊の花を使うのはどうだろう。今日の御膳に使う話もあったんだけど、せっかくだから菊の節句に取っておいたんだ」

「ふうむ、食菊のことじゃな。種によって甘みや苦みがあるが、舌触りは悪くない。まあ、彩りとしての役割が大きいがな。なるほど、それならばよい案がある」

鬼勘はそう言うなり、寄合の面々を相手に語り始めた。生憎、喜八は他の客の相手で忙しく、話を聞くことはできなかったが……。おあさやおくめ、三郎太たちが明るい表情で熱心に話し合っているので、鬼勘からよい献立を提案されたのかもしれない。

その後、栗名月御膳、芋名月御膳が二膳ずつ調い、おあさたちの席へと運ばれた。

「お、芋名月御膳は見た目が地味と聞いてたけど、鍋は秋の滋味がいっぱいじゃないか」

芋名月御膳を頼んだ三郎太が歓声を上げた。里芋に茸数種に豆腐、そして棒手振りの甚兵衛から仕入れた冬菜が緑を添えた鍋物は、熱々の湯気が立っている。出汁の美味そうな香りも鼻をくすぐり、贅沢な一品に仕上がっていた。

「まずは鍋物をお分けしますね」

などと三郎太が言いながら、鬼勘の分を取り分け、「熱いうちにどうぞ」などと賑(にぎ)やかに楽しく食べているようだ。栗名月御膳の手の込んだ栗餡やふわふわ玉子の新作も「栗のしっとりした感じが癖になる」とおあさたちに好評だった。

芋名月御膳の松茸とそれに見せかけた里芋の焼き物は、四人とも度肝を抜かれたようだ。どうやって半分ずつにするか、楽しげに語り合っていた。

「御膳の新作料理はこの先、品書きに加えられるのであろうな」

鬼勘は無駄に鋭い眼差しを喜八に向けて問うた。

「ま、まあ、そのつもりではありますが……」

「ぜひともよろしく頼む。暇ができたらすぐに駆け付けるゆえ」

とは言うものの、鬼勘は食べ終えるなり慌ただしく立ち上がり、今も忙しそうであった。

「中山さま、少しだけお話が……」

喜八も忙しい時ではあるが、玉上新之丞が菊若水を売っていた話はしておいた方がいいだろう。外まで送っていきがてら暖簾をくぐったところで、喜八は鬼勘に耳打ちした。もしかしたら、山村座の方から鬼勘に話がいっているかとも考えたが、

「菊若水を売っているのは、久作という行商人ではなかったのか」

と、鬼勘は眉間(みけん)に皺(しわ)を寄せて訊き返した。やはり、新之丞の話は伝わっていなかったようだ。もっとも、新之丞自身が認めたわけでもないし、化粧水を知り合いに売ったこと自

体が悪事というわけでもないが……。

「久作さんが売り歩いていたのは事実ですが、新之丞さんの話も確かです。もっとも久作さんは、中山さまがうちでお尋ねになった頃から、木挽町では見かけなくなってしまったようで」

それまで商いをしていた芝居小屋の前にも現れなくなってしまったと、喜八は告げた。聞けば、鬼勘もあの日、芝居小屋へ出向いたが、久作には会えなかったそうだ。

「久作さんと新之丞さんのつながりは分からないのですが」

「そうか……。いや、久作の素性についてはこちらでほぼつかんでおる。新之丞にはまるで注意していなかったが、知り合いであっても不思議はない……か」

最後は独り言のように呟き、鬼勘は帰っていった。その時、「しばらく木挽町を留守にしすぎたな」と悔やむように続けられた鬼勘の言葉を、喜八の耳は拾っていた。

鬼勘に続き、おあさたちと三郎太も一緒に帰っていったが、入れ替わるように現れたのがおしんと梢である。二人は昼餉に合わせてやって来て、御膳の話を聞くなり、迷うことなく栗名月御膳を注文した。

「おすまちゃんの話なんだけれどね」

喜八が尋ねないうちから、おしんは例のおすまの話を始めた。

「もうずっと三味線(しゃみせん)のお稽古に出てこないの」

おすまはどうやら家に閉じこもっているらしい。役者との付き合いが親に知られたせいなのか、それとも他に理由があるのか、そこまでは知らないそうだが……。

「玉上新之丞は近頃、どうしているのかしら」

知っていたら教えてほしいと二人から言われ、喜八は新之丞の顔は見ていないと断りつつも、新しい役に就けたと聞いたことを知らせた。

「けっこう重要な役どころらしいから、稽古三昧なんじゃないかな」

「まあ」

おしんと梢はやや不満そうな表情を浮かべている。

「おすまちゃんが大変な思いをしているっていうのに、いい気なものね」

「役者として成功しそうだからって、おすまちゃんを捨てるつもりなのかしら」

などと、さんざんな言われようだ。

(けど、おすまさんの引きこもりが新之丞さんのせいかどうかは、分からないんだし)

それで新之丞を責めるのは、さすがに気の毒ではないかと喜八は思ったが、おしんと梢の前では口をつぐんでおいた。

やがて、栗名月御膳が調うと、山吹色に彩られたその見た目に、

「今夜のお月さまみたいね」

いだ。

と、おしんも梢もはしゃいでいる。確かに華やかな二人には、里芋よりも栗の方が似合

「いつものふわふわ玉子より甘くて美味しいわ」

「こんなに滑らかな栗餡は初めてよ」

と、それぞれの味もお気に召したようである。「こういう御膳がふだんも食べられれば

いいのに……」と言い残して、二人は帰っていった。

その後も、喜八たちは忙しく働き続け、やがて日も暮れ、暖簾を下ろす時刻になった。

残っている客は、儀左衛門と六之助、六之助の兄である左官の鉄五郎だけだ。

悩んだ挙句、儀左衛門は芋名月御膳を、六之助は栗名月御膳を頼み、双方分け合って食べることにしたようだ。鉄五郎は「あっしは酒とつまみで十分なんで」と言い、里芋の串揚げとかりかり舞茸を美味そうにつまみ続けている。暖簾を下ろしてからは、弥助の父の百助(ひゃくすけ)もやって来て、賑やかな会話が始まっていた。

今日はせっかくの中秋なのだから、皆で月見でもしようという話になっていたのである。

「よおし、まずは俺たちの腹ごしらえだな」

御膳に出した品の残りばかりでなく、新たにこしらえたものも加えて、次々と料理が並べられる。

「百助さんと鉄つぁんも御膳を食べてないんだから、しっかり食べてくれよ」

と、喜八は勧めた。芋名月御膳の里芋鍋や栗名月御膳のうま煮も、十分な量が供され、すでに食べた儀左衛門や六之助も再び箸を動かし始める。

「それで、若。結局、芋名月と栗名月はどっちに軍配が上がったんで？」

百助がその席で尋ねてきた。

「ああ、栗の勝ちだったよ」

うま煮の栗を呑み込んでから、喜八は答える。

どちらの注文が多いか、客に知らせる形で競い合わせたのは好評だった。客たちは自分が注文した後は、その注文した御膳に肩入れするようで、どれが美味い、これは他の店では食べられないと、互いに争う場面も見られたほどである。

競い合いは最後まで拮抗したが、栗名月御膳が二膳の差をつけて勝った。

「若いお嬢さん方は、やはり見た目のよさもあって栗を頼む方が多かったですしね」

と、弥助が冷静な口ぶりで言い添えた。

「けど、年輩のお客さんは芋名月を褒めてくれたよな」

いずれも百文という高値だったにもかかわらず、客の多くが注文してくれたので、店始まって以来の売り上げをたたき出している。

これまでにない大成功だった。

「この調子で、菊の節句も成功させなけりゃな。そういや、鬼勘が食べられる菊を使った献立を思いついたようだったけど」

　喜八がかささぎ寄合をしていた面々の会話を耳に挟んだと告げると、「鬼勘ですか……」と松次郎は渋い顔をしている。

「ま、奴も一応、寄合の一員となっちまったしさ。とりあえず考えを聞くだけだし、最後に決めるのは松つぁんだから」

　やはり、松次郎はかつて鬼勘から泥棒の犯人と疑われたことで、まだわだかまりがあるのかもしれない。

　そうこうするうち、皆の腹もいっぱいになり、「そろそろ月見といきませんかね」と鉄五郎が言い出した。

　見れば、銚子とぐい呑みを手にしている。

「お前、月見をしながら酒を飲むつもりか」

　喜八が問うと、

「当たり前です。ねえ、東先生？」

　鉄五郎は同じく酒飲みの儀左衛門に同意を求めている。

「あんたの言う通りや」

　儀左衛門は重々しくうなずいた。

六

「て、てえへんだ。誰か、来てくれっ！」

表通りの方から大声が上がったのは、かささぎの面々が月見をしようと立ち上がりかけた時のことであった。

「何だ」

言ったそばから、喜八は表の戸口へと走り、弥助がそれに続く。

表通りへ飛び出すと、中秋の晩だからか、いつもより人の数が多かった。かささぎから芝居小屋へと向かう途中に、人だかりが見える。ちょうど、助けを呼ぶ声を聞きつけた人々が集まってきているところらしく、その輪は見る見るうちにふくらんでいった。

喜八と弥助もその輪の中に飛び込んでいく。

助けを呼ぶ大声がしたのは一度きりで、その後は騒ぎ立てる人々の昂奮気味の声ばかり。人だかりの中を進んでいくと、見えてきたのは尻餅（しりもち）をついた男と、別の男に両腕を取り押さえられた女の姿であった。

「し、新之丞さん？」

尻餅をついている男の顔を見て、喜八は驚いた。背後で「新之丞！」と大きな声が上がったが、どうやら六之助のものらしい。だが、新之丞は自失しており、喜八たちに目を向けはしなかった。

「若、あれを」

弥助から促されて、喜八は新之丞から少し離れた地面に目を向けた。抜き身の短刀が月の光を受けて鈍くきらめいている。喜八は息を呑んだ。

様子からして、新之丞が襲われたのだろうが、幸い大きな怪我はしていないようだ。別の男に腕を押さえられている女はうつむいており、顔は見えなかった。

「番屋には知らせたのか」

「さっき駆けていった人がいる」

「じゃあ、待つしかないな」

そんなやり取りが聞こえてくる。さらに、

「痴話喧嘩だってさ」

「連れ立って歩いていたのに、突然、女の方が切りかかったって」

「あれ、玉上新之丞だろ。近頃、芝居で見ないと思ったら……」

「悪い女に引っかかったのかね」

などという声も耳に入ってきた。新之丞が一緒にいた女に切りかかられたということのようだ。とすると、あの女がおしんや梢の話していたおすまなのだろうか。

取り押さえられた女はうなだれたまま、まったく動かず、もはや抗おうという気持ちすらないらしい。

しばらくすると、人だかりの輪が外側から崩れ始めた。人々がさあっと道を空けていき、そこを通って姿を見せたのは、何と鬼勘とその配下の者たちである。

「無法者を取り締まるお役を頂戴した中山勘解由である」

鬼勘はその場にいる者たちに聞こえるような声で告げた。

「これなる女子が、山村座の役者玉上新之丞に切りつけたとのことで、間違いはないか」

鬼勘の問いに、見物人の中から一人が進み出ると、

「あ、あっしが見てました。間違いございません」

と、言い出した。女を押さえている若い男も、女が短刀を振りかざしていたので取り押さえたと答える。

「その方、十軒町の紙商、明石屋の娘、すまであるか」

続けて、鬼勘がうなだれた女に尋ねかけた。鬼勘に玉上新之丞が菊若水を売っていた話はしたものの、おすまのことは話していなかったので、喜八は驚いた。

鬼勘はどうやら、新之丞とおすまの関わりについて、わずか半日でつかんでしまったようである。うなだれていた女がかすかに首を縦に動かした。

「連れていけ」

鬼勘の言葉に、配下の者がおすまの手首をつかむ。一方、へたり込んでいる新之丞に目を向けた鬼勘は、「おぬしにも来てもらうぞ」と重々しく告げた。

「菊若水の件で訊きたいことがあると言えば、分かるな」

新之丞は息を呑み、「……へ、へえ」と気の抜けた声を出す。立ち上がろうとしない新之丞に、

「怪我をしているのか」

と、鬼勘が問うと、思い出したように新之丞は全身を震わせ、「い、いいえ。尻餅をついただけで」と答えた。それでも腰を抜かしてしまったのか、鬼勘の配下に腕を取られて、どうにか立ち上がるという始末であった。

新之丞とおすまが引っ立てられていくと、見物人たちも徐々に散っていく。喜八と弥助、後から駆けつけた儀左衛門や六之助たちはしばらく動かなかった。鬼勘も配下の者たちが去った後もその場に残っている。

「おぬしには礼を言う」

やがて、鬼勘は喜八に目を据えて告げた。

「昼間に伝えてくれて助かった」

「いえ、俺が話したのは新之丞さんの話だけですし。あれだけで、今の女人（にょにん）の素性まで探り出してしまうなんて、さすがは中山さまです」

「役者が贔屓筋の女に高額な化粧水を売る話は、他にも聞いていたからな」

鬼勘は少し声を低くして言う。

「そうなんですか」

喜八が驚いて訊き返すと、「木挽町のことではない」という返事であった。では、堺町の話なのかと、そこに暮らす儀左衛門と六之助が目と目を見交わしている。

鬼勘もそれ以上のことは言わず、配下たちのあとを追って歩き出した。それを何となく見送ってから、店へ引き返そうとした時、喜八は弥助が店と反対の方をじっと見ていることに気づいた。

目をやると、夜目にも粋な女の、すらりとした立ち姿がある。

紺か黒に見える地の色の小袖は一見地味なようだが、帯から下の辺りには一面、風になびく薄の穂が描かれていた。それが月の光を受けて、銀白色に輝いている。女人にしてはめずらしい羽織を身に着けているが、その色は暗めの赤か蘇芳色。表通りの店から漏れる明かりと満月の光で、何とか色合いが分かるものの、明るい光の下で見れば、もっとまばゆいだろう。

(夏越の祓の時、太刀売稲荷で見かけた奥方じゃねえか!)

喜八は内心で驚きの声を上げ、弥助に声をかけることも忘れてしまった。

あの日は、木挽町の大茶屋、巴屋の主人一行が修験者の格好をしてお参りをするとかいうので、見物人たちが集まっていた。あの粋な姿の奥方もお付きの女中と一緒に、その場にいたのである。巴屋のお参りを見物に来たのか、たまたま見かけただけなのか、そこまでは知らない。

ただし、その時、一緒にいた鬼勘と弥助が奥方に見惚れていたことは、喜八の記憶から消えていなかった。

（確かに……弥助が惚れるのも分からなくない）

きれいな人だと、喜八も思った。

奥方の眼差しが心なしかこちらに向けられているように見える。思いがけず心を持っていかれそうになった時、視界にお邪魔虫が割り込んできた。

巴屋の主人、仁右衛門である。

「ささ、奥方さま。迎えの駕籠が参っております。お見苦しいものをお目に入れてしまいましたようで」

仁右衛門の促す声が喜八にも聞こえてきた。

どうやら、奥方は巴屋の客として滞在し、帰ろうとして駕籠を待っていたところ、あの騒ぎを聞きつけたようだ。騒ぎの見物とは、武家の奥方にしては少し物見高い気もするが、心配になってのことかもしれない。

奥方は巴屋の言うがまま、踵を返した。その際、仁右衛門の目が喜八の方へ一瞬だけ流れてくる。

ただの気のせいかもしれないが、その眼差しが勝ち誇っているかのように見え、喜八はいらっとした。

一度歩き出した奥方はもう、振り返ることをしなかった。弥助はなおも奥方の後ろ姿をじっと見つめ続けている。

「おい、弥助。帰るぞ」

喜八は声をかけた。

「あ、若」

と、弥助は我に返った。ところが、振り返って歩き出そうとすると、今度は百助の呆けたような顔が目に入る。何と、百助はそれまでの弥助と同じように、奥方の姿を目で追い続けていた。

（さすがは父子だな）

奥方に見惚れている時の顔つきがそっくりである。

「百助さん。あんまり余所の奥方に見惚れるもんじゃないぜ」

からかうように声をかけると、百助はさすがに驚き、慌てた様子を見せた。

「いや、これはそんなんじゃゃ」

いつになくしどろもどろになって、言い訳じみたことを口にしている。

「まあ、帰るか」

喜八は店へ向けて足を踏み出した。新之丞とおすまの間に何があったのかは分からない。だが、新之丞はせっかくの大役を与えてもらい、六之助もそれを応援していたというのに、あんなことになってしまうとは――。

ふと空を見上げると、黄金の月が煌々（こうこう）と輝いていた。日暮れと共に昇り始めた満月は、まだ低い位置にある。

「せっかくの中秋だってのに、とんだことになっちゃったな」

喜八の呟きに応じる声は上がらなかったが、

「まあ、月見はこれからでしょ。ゆっくりと飲み直しましょうや。ねえ、東先生？」

新之丞のことも化粧水のことも、おそらく何も知らない鉄五郎がのんびりと言う。月見と言うより飲酒に誘われた儀左衛門は「せやな」とうなずいたものの、すぐに真顔を六之助へ向けた。

「さっきの中山さまのお話、聞いてたやろな」

「堺町の役者と化粧水売りの話ですな」

六之助も感じるものがあったようで、すぐに応じる。

「話の種として使えるかもしれん。皆で手分けして、よう聞き取りをし」

「分かりました」

六之助は真面目な表情で返事をした。

それから一同はかささぎへ戻ると、井戸のある裏庭の縁側に腰かけ、儀左衛門と鉄五郎は酒を、六之助は甘酒を、それ以外の者は茶を飲みながら月見をした。

六之助が新之丞を案じているのはともかく、百助が何やらもの思わしげな表情をしているのが、喜八は少し気にかかる。

(まさか、さっきの奥方に本気で惚れた、なんてことじゃないよな)

夜道を照らす明かりだけで、奥方の顔はそれほどはっきりとは見えなかったはずだ。以前、はっきりと奥方の顔を見ている弥助はともかく、今回見ただけで一目惚れということもないだろう。

弥助はどうかと様子をうかがえば、いつもとどこも変わらないふうに見える。

(あの奥方が巴屋の客だというのは何となく気に入らない。けど、あの奥方が出入りする店としちゃ、うちは役不足だよなあ)

かささぎが役者に会える茶屋として成功を収めれば、あの奥方を客として迎え入れても遜色ないだけの大店になれるだろうか。いや、ああいう上品な奥方は、静かな店の方がお好みだろうか。そんなことを思いながら、喜八はゆっくりと茶を飲み干した。

翌日は、表通りで起きた事件の話で、かささぎの客たちも盛り上がっていたが、捕らわれたおすまと連れていかれた新之丞がどうなったのかは誰にも分からない。

どこかで噂を聞いたのか、十七日にはおしんと梢も駆けつけてきて、喜八に知っていることはないかと尋ねてきたが、喜八も見たままのことを伝えるしかできなかった。二人はさかんにおすまの身を案じていたが、ひとまずは様子を見るしかないだろうとなだめて、家へ帰らせるしかなかった。

そんな中、十八日の夕七つ時（午後四時）に、おあさとおくめ、六之助がやって来た。三人はいずれも少し昂奮した面持ちである。もしや、鬼勘の言っていた堺町の役者のことで、何か分かったのだろうか。

「いやはや、中山さまの地獄耳、いや、行き届いた吟味といい、先生の勘のよさといい、大したものでございました」

と、六之助は注文した甘酒を飲みながら話してくれた。

「私などは、新之丞の事件があって、ようやく思い出したくらいでして。実は、去年の夏、中村座を去った役者がおります。小車源之助という女形でした」

なかなか芽が出ず、これという大役に恵まれることもないまま、二十代も半ばに差しかかっていたという。将来への不安とくさくさした気分からか、博打に手を出し、金を失くしたそうだ。

「何だか、新之丞さんの話を聞いてるようだな」

「まったくです。とはいえ、ここまでならば役者にはよくある話でして」

六之助は少し悲しげに目を伏せて言った。役者といい狂言作者といい、世に認められることを夢見て努力しつつも、報われない者の憂いが漂っている。しかし、六之助はすぐに気を取り直して顔を上げ、話の先を続けた。

「違うのは、源之助が自分の贔屓筋の娘さんに、高値の化粧水を売り始めたことでした」

「それって、菊若水のことですか」

喜八は目を見開いたが、六之助は首を横に振った。

「いえ、天の水とかいう化粧水です。源之助から買ったという人を突き止めるのに手間はかかりましたが、何とか見つけ出して、直に聞きましたので間違いありません」

「中村座でも源之助の話は口外を禁じられていたみたいで、誰も話してくれなかったの。天の水を買っていた娘さんたちも、自分の恥になると思って、口をつぐんでいたようよ」

おあさが口を挟んで教えてくれた。

源之助が天の水を売った贔屓筋の娘たちは、それほど多くはなかったが、いずれも自分は源之助の特別な女だと思わされていたという。ところが、やがて女たちが中村座に押しかけたことで、事態が表沙汰となり、源之助は破門になったそうだ。

その後、源之助がどうしているかは分からなかったそうだが……。

「あのね、はっきりしたことは言えないんだけれど……。もしかしたら、小車源之助って久作さんじゃないかしら」

おあさが慎重な口ぶりで言った。

「私もそう思います。たぶん、中山さまはこのことをほぼ突き止めていらしたんでしょうな。そこで、若旦那から新之丞の話を聞き、新之丞が源之助の二の舞になりかけていると、お考えになったのかもしれません。もっとも、あの晩の一件を防ぐには間に合いませんでしたが……」

六之助は新之丞の身を案じつつ、ああした事件が起きてしまったのを残念がっているようだ。

おあさたちはこの日、夕餉は食べずに帰っていった。ところが、それからしばらくして、もう暖簾を下ろそうという頃、六之助とおあさが再び現れた。おくめは連れていない。代わって儀左衛門が一緒だったが、何ともう一人、鬼勘を伴っている。

「どうしたんです」

他の客がいない店の中へ皆を迎え入れつつ、喜八は何となく妙な予感を覚えていた。鬼勘が木挽町の見回りのついでではなく、夜になってから儀左衛門と共にやって来たということは――。

「ええと、この面子（めんつ）はかささぎ寄合……ってわけでもなさそうですよね」

他の客がいなくなってから尋ねると、鬼勘からは、当たり前ではないかという眼差しを返された。

「この度の件、表沙汰になった事件ばかりでなく、裏で関わる者をすべて引きずり出す策が実はある」

鬼勘は己の頭を指し示すようにしながら告げた。

「それって、俺たちを利用するやつですか」

喜八は少しうんざりした顔を作って訊き返す。

「利用とはまた、聞き捨てならぬ……」

鬼勘が渋面(じゅうめん)になった。

「若旦那に弥助さん。どうか、ここは中山さまのおっしゃる通りに。私からお願いいたします」

六之助が必死の表情で頭を下げる。喜八は慌てて顔を上げるようにと言った。

「どちらにしても、俺たちが中山さまのご命令に逆らうことはできません。それに」

顔を上げた六之助にうなずいてみせる。

鬼勘に力を貸したところで、新之丞が助かるかどうかは分からないし、そもそも新之丞が罪を働いていることもあり得る。それでも、友のために頭を下げる六之助の思いが胸に沁(し)みた。

「俺と弥助は何をすればいいんですか」

喜八は鬼勘と儀左衛門の顔を交互に見ながら訊いた。

「ふむ」

鬼勘は一つ咳ばらいをした後、くわしいことを語り始めた。

第四幕　菊慈童露の一雫

一

暦は九月に変わり、重陽の節句を明日に控えた八日のこと。

行商人の久作はしばらくぶりに木挽町の芝居茶屋かささぎの店前に立った。前に一度だけ足を踏み入れた時のことは忘れていない。

二人の若い色男が運び役をやっているという、いけすかない茶屋であった。ただし、芝居小屋も近く、客の出入りも多い。若い娘から年増まで、女客もそれなりにいる。

とりあえず、目についた若い娘に話しかけ、うまいこと、化粧水を売りつけるのに成功した。下男らしき連れがいたから、阻まれるかもしれないと思ったが、何もしてこなかった。娘は翌日も新しい客を連れてきた上、もう一本買い求めてくれたので、うまいこといったとほくそ笑んでいたのだ。

ところが、調子に乗って女を遊びに誘おうと試みたら、下男が急に態度を変えた。女の親からそれだけは阻止しろと厳しく命じられていたのかもしれない。腹立たしかったが、そのお蔭であの女がとんだ田舎者だと分かったのだから、まあよしとしよう。二本目はただの水を持たせてやったが、あの気の強そうな娘はそれと気づいて、下男に当たり散らしたのだろうか。

どちらにせよ、泣き寝入りするしかなかったはずだ。

しかし、ほどなくして、木挽町に中山勘解由が頻繁に出入りしているという話を耳にした。その上、あの茶屋かささぎの常連客でもあるらしい。何も知らずに、うっかり足を踏み入れてしまったが、あの時、鉢合わせしなくて本当によかった。

とはいえ、すぐにお縄にかけられるようなへまはしていない。時折、化粧水の瓶にただの水を入れて売ったが、当事者が訴えてこなければ表沙汰にはならないし、第一、そうだという証もないのだ。ご丁寧に水を取っておいた女がいたところで、時が経つうちに品質が悪くなったのだ、と言い逃れることができる。

あれ以来、木挽町には出入りしていなかったが、ごく数日前、肥後屋の嘉右衛門から急に山村座へ付き添えと言われた。

嘉右衛門は薬種問屋の主人で、久作に形ばかり薬を卸してくれている。久作が売っているのは主に化粧水で、これも嘉右衛門から買っているのだが、表向きは薬売りの行商という体裁を取っていた。万一の時の目くらましのためだ。

また、久作が小車源之助という名で中村座の役者をしていた頃、嘉右衛門には何かと世話になっていた。中村座を追い出された時、拾ってくれたことへの恩義もある。

悪い話にはならない、それどころか、思ってもみないような幸いに恵まれるだろう——そんな嘉右衛門の言葉に心を動かされ、いくらかの不安は残しつつも、久作は待ち合わせの場所である茶屋かささぎの暖簾をくぐった。

「いらっしゃいませ」

店へ入るなり聞こえてきた声は、思っていた男のものではなく、華やかな女の声であった。しかも迎えてくれたその女は、三十路はすでに超えていようが、たいそう美しい。

一瞬、唖然としたものの、すぐに店の奥から聞き覚えのある太い声が聞こえてきた。

「ああ、来たか。こっちだよ、久作」

肥後屋の嘉右衛門である。

「お待ち合わせの方ですね。どうぞ」

女が言い、先に立って案内してくれた。

「あの、前に来た時は、若い男衆が二人いたと思うけど……」

「あら、前にもいらしてくださったお客さまでしたか。失礼いたしました。あたしは女将のもんと申します。あの二人は生憎、今日は外の用がありまして」

「そうなんですか」

どれだけ男前でも、男に接待されるより年増の美人の方がいいと思いながら、久作は嘉右衛門の席へ向かった。嘉右衛門一人かと思っていたのに、連れが二人もいる。嘉右衛門と同年輩の立派な身なりをした男たちだ。おそらく、どこぞの店の主人といったところであろう。

知らぬ二人が嘉右衛門の前の席に並んで座っていたので、久作は嘉右衛門の隣に腰かけた。

「初めまして。失礼いたします」

久作が知らぬ二人に頭を下げると、「こちらはね」と嘉右衛門が引き合わせてくれた。

「京橋で太物屋を営んでいる宮城屋さんと、小間物屋の隠岐屋さん。お二人は山村座の女形、藤堂鈴之助の贔屓筋なんだ」

「そ、そうでしたか」

久作はごくっと唾を呑み込んだ。久作もかつては女形を務め、花形の役者になることを目指していたのである。藤堂鈴之助といえば、久作にとって羨望と嫉妬を同時に抱く役者であった。

（どちらも金がありそうな……。藤堂鈴之助はふだんから、こうした贔屓筋にちやほやさ

れているというわけか）

　そう思うと、平然とした表情を取り繕いつつも、胸の中が燻されていくような気がする。

　やがて注文を取りに来たおもんという女将に、嘉右衛門は久作の茶を勝手に頼んだ。おもんが去っていくと、

「鈴之助の女房なんだよ」

と、久作に耳打ちする。

「えっ」

久作は思わず振り返りたくなるのを必死にこらえねばならなかった。役者としての成功を収め、あれほど美しい女を女房とし、その女房には道楽で茶屋を持たせてやったというわけか。

　世の中には、とことん恵まれている奴がいる。だから、そのつけで、何をやってもうまくいかない自分のような男が生まれるのだ。

　これまでも、そんなふうに誰かを妬ましく思うことはあった。だが、一瞬激しく燃え上がることはあっても、やがて燻り、最後にはうやむやになる。目の前にいない誰かを妬み続けるほど暇ではないし、日々の暮らしで精一杯だったからだ。だが、花形役者の女房や贔屓筋という目に見える輝きを前にした今、妬ましさが自分でも制御できない速さでふくらんでいく。

やがて、おもんが久作の茶を運んできて、勧められるまま久作は茶を口にしたが、その苦さがたまらない気がした。そんな久作の気持ちも知らぬげに、

「今日は山村座の芝居を皆で見に行くんだよ。お前さんも一緒にと思ってね」

と、嘉右衛門が浮かれた口ぶりで言い出した。

「はあ……」

「九月の演目は『菊慈童露の一雫（ひとしずく）』という。新作の芝居だそうだよ」

そういえば、山村座で能の「菊慈童」を元にした芝居がかかると聞いたことがあった。演目の題までは覚えていなかったが、このことなのだろう。

「実は、お前さんを山村座へ連れていくには理由（わけ）がある」

嘉右衛門の声の調子がにわかに真面目（まじめ）なものになった。思わず嘉右衛門の顔を見つめると、

「藤堂鈴之助に引き合わせたくてね」

と、少し小声で秘密めかしたふうに言う。

「鈴之助に……?」

「そうだよ。鈴之助は弟子を取りたがっているそうだ」

「しかし、それは若い連中の話でしょう」

自分はもう誰かの弟子として引き上げてもらえるような年齢ではない。そのことは、誰

よりも久作自身がよく分かっていた。

「それがね、そういう話でもないんだ」

嘉右衛門が難しい顔つきで、さらに声を落とした。前に座る宮城屋と隠岐屋の旦那方を見やると、心なしか複雑な表情を浮かべている。

「先月、この近くで山村座の役者が襲われたのは、知っているだろう?」

嘉右衛門から訊かれ、久作は答えようとしたものの、喉がからからになっていることに気づき、黙ってうなずいた。もちろん知っている。襲われた玉上新之丞とは付き合いもあった。

といって、友人と呼べるような心の結びつきなどはない。ただ役者仲間であり、芽が出ないことでも仲間だった、というだけのことだ。二年ほど前は、賭場で顔を合わせれば、互いに愚痴を言い合いながら酒を飲む間柄でもあった。

その後、久作が中村座を追われ、博打で遊ぶ金もなくなってからは顔を合わせることもなくなったが、今年に入って山村座の芝居小屋前で商いをしていた時、ばったり再会した。

久作も落ちぶれていたが、かろうじて役者を続けている新之丞もしょぼくれて見えた。金になる仕事がないかと泣きつかれたので、菊若水を少し――女たちに売るのよりも安く売ってやった。これを知り合いの女にもっと高値で売れば、少しの足しにはなるだろう、という助言までしてやった。

新之丞は、初めは胡散臭そうな顔つきをしていたが、うまいことと女に売りさばくことができたのだろう。その後も何度か、菊若水を久作から買っていった。もっとも、そのつながりも、久作が木挽町に出入りしなくなってからは途絶えている。

そして先月、新之丞が女に刺されそうになったと噂で聞き、久作は仰天したのだ。菊若水がらみなのかどうかは知りようもない。念のため、新之丞に菊若水を分けてやったことは、嘉右衛門には話しておいた。だから、今ここで嘉右衛門がただの世間話として新之丞の件を取り上げるのは、宮城屋と隠岐屋の旦那方の手前、取り繕ってのことなのだろう。

久作はぼろを出さないよう注意しなければ、と気を引き締めた。

「あの役者が鈴之助の弟子でね」

嘉右衛門が語る言葉に、久作はおもむろにうなずいた。もちろんそんなことは知っていたが、あまりに訳知り顔をするわけにもいかない。久作は無表情に徹した。

「ちょうど引き立ててやろうとしていたところでの不祥事に、鈴之助もがっかりしたそうだ」

嘉右衛門が残念そうに言うと、

「まったくですよ」

と、それまで黙っていた宮城屋が口を開いた。

「新之丞のことは私たちも知っているがね。役者としての素質云々の前に、人品が悪かった」

「そうそう。鈴之助が目をかけている弟子だというから、九月の演目で鈴之助のために用意されていた役を譲るって話を、無理に呑み込んだっていうのに」

隠岐屋も宮城屋に続いて、新之丞に怒りの声を上げる。

「新之丞は役を譲られていたんですか」

その話は初めて聞くことだったので、久作は目を瞠った。

「そうらしいよ。ところが、あの事件でふいになった」

新之丞はつくづく運のない男だと、久作は思った。

「それで、鈴之助は新之丞に代わる中堅の弟子を求めているそうだ。若手はもちろんいるが、そういう連中をまとめてくれる、経験のある役者をね。余所から引き抜くのも考えたらしいが、それじゃあ、角が立つ」

「……え、それって」

「お前さんなら、どこにも角が立たないと、肥後屋の旦那がおっしゃるんでね」

と、宮城屋が久作に目を向けて言う。

(そりゃあ、もう。おっしゃる通りです)

声を大にして言いたいところであったが、久作は目を伏せただけで無言を通した。

「とりあえずは、鈴之助が直に話をしたいという。そこで、私たちが間を取り持ち、お前さんを山村座に案内しようということになってね」

　隠岐屋の言葉に、久作は顔を上げてから「もったいないお話です」と頭を下げた。

「この久作――いや、役者としては源之助といったんですが、中村座では芽が出なくてね。もう役者の道をあきらめるなんて言い出した時にゃ、私もずいぶん引き留めたんですよ。けど、あの頃の源之助はかたくなでね。ちょいと休養も入用かと考えて、ひとまずは私が面倒を見てきたんです」

　本当は女のことで座元に迷惑をかけたのだが、そこを隠して、嘉右衛門が二人の旦那方に久作のことを話してくれる。

「けどね、源之助には才があると、私はあの当時から見込んでいたんだ。幸い芝居を離れて、浮世を渡るつらさも知り、やっぱり自分には芝居しかないと気づいたはず。そうだな、源之助」

　そんな話はしたこともなかったが、嘉右衛門の言葉に久作は神妙に「へえ」と答えた。二人の旦那方はそんな久作を見て、おもむろにうなずいている。これがそのまま鈴之助の耳に入れば、あるいは――。

「まあ、そういうことだから、まずは山村座の芝居を見に行こう。鈴之助と話ができるのは芝居が終わってからだろうが……」

「はい。よろしくお願いします」

嘉右衛門の言葉に勢いよく返事をし、久作は旦那衆に再び頭を下げた。

こうして話がまとまると、四人はおもんに見送られ、山村座へと足を運んだ。宮城屋と隠岐屋は芝居小屋で顔が通っているらしく、案内役がわざわざ出てきて二階の桟敷席へ連れていってくれる。

案内された席の隣には、華やかに着飾った若い娘が二人座っていた。それぞれ宮城屋と隠岐屋に声をかけ、甘えるふうに口を尖らせる。

「もう。待ちくたびれたわ」

「お父つぁん、遅いわよ」

「やあ、おしんちゃん。待たせて悪かったよ」

と、宮城屋が言い、「梢ちゃん、しばらくぶりだね」と隠岐屋が声をかけていたから、宮城屋の娘が梢で、隠岐屋の娘がおしんというらしい。これまでならば、菊若水を売りつける上客になりそうだと思うところだが、今は化粧水などどうでもいい。降って湧いたようなこの機会を何とかものにしたい。

久作は旦那衆と一緒に、桟敷席に入った。ここは隠岐屋が買った席で、隣は宮城屋が買った席だそうだ。そちらは若い娘たち二人が羽を伸ばしている。

久作は慎重な眼差しで、芝居小屋の中を見回した。近いうちに、この芝居小屋の舞台に女形として立てるのだと思うと、期待に胸が大きくふくらむ。

先ほど聞いた話によれば、やっと運が向いてきた新之丞の居場所を奪うことなるわけだが、後ろめたい気持ちなどまったくなかった。別に自分が新之丞の足を引っ張ったわけではない。藤堂鈴之助ほどの役者の弟子として目をかけられていたにもかかわらず、大事な時に油断をした新之丞自身が悪いのだ。

自分も昔は同じだった。二度と同じ轍は踏まない。

そんなことを思いながら芝居小屋を見回すうち、久作の眼差しは舞台正面の桟敷席でつと止まった。久作たちの席からいくつか離れたその席に座っていたのは――。

（鬼勘じゃねえか！）

その顔は知っている。できるだけ近付きたくない顔として、しっかり見覚えていた。

「おや、源之助さん」

隠岐屋が昔の役者の名で呼びかけてくる。

「顔色がよくないように見えるけど」

「い、いえ。大事ありません」

急いでごまかしたものの、恐怖心は拭い切れない。思わずすがるように嘉右衛門の顔をうかがうと、

「ああ。中山さまに気づいたのかね」

と、ことさら何でもないような声が返ってきた。

「芝居の筋書きに問題がないか、お調べに来ておいでのようだね。それにしても怖い、怖い。悪いことをしてなくたって、胆が冷える心地ですよ。そうじゃありませんか、宮城屋さんに隠岐屋さん」

「まったくですな。お偉方は私ら商人が過ぎた贅沢をしていないか、常に目を光らせていますから。お顔を拝する度にどきっとしてしまいますよ」

宮城屋が応じ、わざとだろうが怖がるふうを見せてくれたことで、久作の動揺ぶりも霞んだようであった。うまくごまかしてくれた嘉右衛門に感謝しつつ、まだまだ自分は胆が小さいと情けなくなる。

(これからって時に、こんなんでどうする)

久作は己を叱咤し、鼓舞するつもりで、舞台の方を凝視した。その時、ちょうど柝の音が鳴った。

カーン、カン、カン、カン……。

「菊慈童露の一雫」の幕開けである。

二

能の「菊慈童」ならば、久作も話の筋を知っている。皇帝の枕をまたいだ罪で流された菊慈童が、不老不死の霊薬を手に入れるという話だが、それを元に手を加えられた筋書きなのだろう。

玉上新之丞が藤堂鈴之助から役を譲られたと聞いたが、新之丞が出ていることはあるまい。であれば、その役を演じているのは鈴之助なのだろうか。

そんなことを思いながら見ていると、まず舞台上に現れたのは行商人ふうの若い男。

「あれ、かささぎの弥助さんよね」

「ええ。喜八さんほどじゃないけど、弥助さんもすてきだわ」

隣の席で、宮城屋と隠岐屋の娘たちが言い合っている。彼女たちばかりではない。一階の席でも、女たちが何やらさざめいている様子が伝わってきた。

久作は目を凝らすうち、そういえば前にかささぎで見かけた運び役の男ではないかと思い当たった。隣席の娘たちが「かささぎの」と言っていたから間違いないだろう。

とすると、あの時、茶屋で働いていた男は役者だったのか。確かに、役者としても通じるような男前だった。店の女将が藤堂鈴之助の女房という話だし、若い弟子がたまたま店を手伝っていたのかもしれない。

舞台上の男は「菊の露をお売りしますよ。菊の露は要りませんか。お肌がつやつやになる菊の露」と声をかけながら、舞台の上を歩き回っている。

何と化粧水を売る行商人ということらしい。「菊の露」という名も、知っている人が聞けば、菊若水をすぐに思い出すはずだ。久作は思わず嘉右衛門の横顔に目を向けたが、嘉右衛門の顔にも驚きの色が浮かんでいる。だが、久作の眼差しに気づくと、気にするなというように、首を小さく横に振った。

久作も舞台へ目を戻した。若い娘たちに扮した役者が三人ほど現れ、行商人に駆け寄っていく。すると、

「あっ、喜八さん！」

先ほどより数段高く弾んだ声が隣の席から上がった。

「これ、梢」

宮城屋が娘をたしなめるように声をかけたが、梢の耳には入っていないようだ。おしんは梢ほどの大声は上げなかったが、二人で手を取り合いながら舞台を凝視している。

しかし、梢の声も芝居小屋全体ではさほど目立たなかった。相前後して、一階席では数多くの声援が上がっていたからだ。

「喜八さーん」

「若旦那っ！」

多くは我を忘れたような若い女の声であったが、中には「よっ、かささぎ屋」と合いの手を挟む男の声もある。

かささぎ屋というからには、あの店にいたもう一人の男なのだろう。弥助よりもう一段

華やかで、客たちから若旦那と呼ばれていた男の顔を、久作は覚えていた。あの男も役者だったのか。舞台の上の三人の娘たちに目を凝らすと、中で最も目立つ黄菊を散らした小袖姿の娘が若旦那だと分かった。

（鈴之助の弟子で、女形とくりゃ、いずれ俺と役を奪い合うかもしれねえ）

久作はひそかに考えをめぐらし、喜八の演技に集中した。

「菊の露、くださいな」

娘たちは口々に行商人に声をかけ、瓶に入った化粧水を買っていく。

「俺は菊慈童っていうんだ。いつもこの辺りで菊の露を売り歩いているからさ。また買いたくなったらここへ来な」

と、弥助扮する菊慈童は娘たちに愛想よく言った。

「それに、新しいお客さんを連れてきてくれたら、二本目はまけてあげるよ」

娘たちは嬉しそうにうなずき、化粧水の瓶を抱えて帰っていく。

久作は再びどきっとした。菊慈童が娘たちに言っていることは、久作自身が客の娘たちに言っていたことと同じだ。

「あ、ちょっと、菊の小袖のお嬢さん」

と、二人の娘たちより少し遅れて歩き出した喜八扮する娘を、弥助扮する菊慈童が呼び止めた。

「お嬢さんのお名前は？」

二人が見つめ合い、弥助が喜八に顔を近付ける。その瞬間、きゃあという声が客席のあちこちから上がった。

久作はふんっと鼻を鳴らした。おそらくふだんの二人を知っている客たちだろう。男前の二人が、舞台の上で男と女になって寄り添う――現実には起こり得ないその姿に、胸をときめかせる客がいる。だが、それは二人の演技力とはまるで関わりないことだ。

芝居の実力とは違うところで、役者を贔屓する客がいるのは知っていた。人気とは、純粋な実力だけで決まるわけではない。そして、こうすれば人気が出るという、決まった約束事があるわけでもない。そのことが、どれだけ久作の足かせとなってきたことか。

（大して上手いわけでもないくせに――）

客の目を引いている舞台の上の若い役者たちのことが、久作は妬ましくてならなかった。

「ふう、といいます」

喜八がはにかむようなしぐさで答えた。

「俺は菊慈童。仲良くしようぜ、おふうさん。あんたには特別に、新しい客を連れてこなくても安く分けてあげるよ」

「でも、それじゃあ……」

「気にしなくていい。それより、俺の菊の露を使い続けてくれ。そうすりゃ、きっとおふうさんは江戸でいちばんの別嬪さんになるからさ」

弥助ならぬ菊慈童は調子のよいことを言い、おふうをその気にさせる。

その後、菊慈童は菊の露を売って、順調に金儲けをし、おふうはせっせと菊の露を買い続けた。菊慈童は他の娘たちにも調子のよいことを言うのだが、おふうはそれを知りつつも菊慈童に惹かれていく。

「菊慈童さんに好かれるためには、もっときれいにならなくちゃ」

純朴なおふうはそう思い始める。すると、

「きれいになりたいなら、菊の露を朝晩だけでなく頻繁に使うのがいいよ」

と、菊慈童は勧め、おふうはあっさりとそれを信じてしまうのだった。

この辺りまでくると、菊慈童が悪い男であることが刷り込まれ、おふうの一途で哀れな心根が客の心をかき乱す。何とかおふうが仕合せになってくれないものか、という気持ちにさせられてしまうのだ。

おふうを演じる喜八のことは正直気に入らないし、その演技も大して上手くはないという考えに変わりはない。それなのに、久作はいつしか芝居の筋に引き込まれてしまっていた。演者が誰かということも、菊慈童の言動が自分に似ていることも脇へ置き、芝居そのものにのめり込みたい。もともと芝居が好きで役者を目指した久作の本心はそこにある。

今は余計なことにはとらわれまいと、久作は芝居の中身に耳目を集中させた。

「ああ、菊の露がもうなくなってしまったわ。また買いに行かなくちゃ」

舞台はおふうの家の中。おふうが顔に化粧水を塗りたくっている。その姿はまるでものに憑かれたようにさえ見えた。

「おふうや。お前、近頃、顔色がよくないようだけど、大事無いのかい？」

おふうの母親が出てきて、心配そうに声をかける。

「平気よ、おっ母さん。それより、お小遣いをちょうだい。菊の露を買いたいの」

「お前ねえ。少し肌が荒れているじゃないか。その化粧水、本当にいい品なのかい？」

「当たり前よ。使い始めた時、おっ母さんだって、あたしの肌がきれいになったって言ってくれたじゃない？」

「確かにねえ。あの時はそう見えたんだけど、近頃はむしろ……。それに、菊の露はとても高いだろう？」

「でも、菊慈童さんはあたしには安く売ってくれるのよ。だから――」

「これ以上、化粧水のために金は出せないよ。肌にいいってわけでもなさそうなのにさ」

母親はそう言って、取りすがるおふうを残し、去っていってしまう。おふうは手もとにあるわずかな金を握り締め、菊慈童のもとへ向かうのだが、金がないと知った菊慈童はたちまち態度を変え、おふうを邪険にした。

「おふうさんにはこれまでも特別に安く売ってあげていたんだよ。それもこれも、俺がおふうさんを大切に思えばこそだったのに……」

「分かっています。今度はちゃんとおっ母さんを説得してきますから、どうか菊の露を分けてください」

「残念だけど、俺だって金をもらわなけりゃ食べていけないんでね」

菊慈童は冷たく言い、おふうの手を振り払って去ってしまった。

「どうして……菊慈童さん」

泣き崩れるおふうのせりふで、その場は終わる。

やがて、舞台上は夜の町と思われる景色に転じた。菊慈童と若い女が寄り添いながら歩いてくる。その女はおふうではない。何やら楽しげに二人が笑い合っているところへ、彼らを追いかける形でおふうが現れる。

「菊慈童さんっ！」

切羽詰まったおふうの声に、菊慈童と連れの女が振り返ったその時。

おふうの手にした短刀がきらめき、おふうは菊慈童の腹の辺りに短刀を突き刺した。

「ううっ！」

菊慈童が倒れ、連れの女が悲鳴を上げる。「何があった」と通行人たちが駆けつけ、菊慈童は急ぎ医者の家へと運ばれ、おふうは役人の手に引き渡された。

場面は再び切り替わり、なぜか菊の花が咲き乱れる山里のような景色が現れる。そこにいるのはおふうだ。

それまでの華やかな小袖と異なり、地味な絣(かすり)を身に着けている。何らかの処罰を受けた後のようにも見えるが、その表情は穏やかだ。

おふうは菊の花を手に取ると、「あら、露が……」と呟いた。

「菊の露……。菊慈童さんはあの化粧水を、菊の花に宿った露を丹念に集めたものだと言っていたわ。菊の露を染み込ませた綿で肌を拭くと、老いを拭えると昔から言われているって」

おふうは、ふふっと寂しそうに笑う。

「あたしも愚か者ね。そうやって集めた菊の露が、あんなにたくさんあるわけないのに……。ううん、本当は分かってた。でも、菊の露がいい化粧水でなくても、菊慈童さんがあたしに優しくしてくれるのが嬉しくて。あの人にとって、あたしが特別なんだって思い続けたくて。そんな女の人はいっぱいいたのに……」

おふうの独白は続く。

「あれから二年。あたしは江戸を追われ、お父つぁんが用意してくれたこの田舎の家で暮らしている。菊慈童さんが命を取り留めたから、これで済んだと言われたわ。あの人はどうしているのかしら。いえ、もうあたしには関わりのないことね」

おふうは菊の花を一つ摘み取り、立ち上がった。そうして振り返ると、

「おふうさん！」

いつの間にか、少し離れたところに立っていた男が声をかけてくる。

「き、菊慈童さん？」

おふうは手にした菊の花を取り落とし、数歩後退り（あとずさ）した。

「俺が悪かった！」

菊慈童はその場に土下座する。

「俺は初めこそ、へちまから採れた水を売ってたんだけど、続けて買ってくれると分かった客には、適当な草を煎（せん）じてそれっぽく煮出したのを売ってたんだ。肌にいいかどうかなんざ、おかまいなしにね。おふうさんにも……」

「もう……いいんです。終わったことですから」

「終わってない！　いや、俺の中では終わってないんだ。おふうさんの人生を俺が狂わせちまった。おふうさんはこんなふうになる人じゃなかったのに……」

「…………」

「俺に粗悪な化粧水を売るようそそのかしてきた商人とは手を切った。これからは、本物の、品質（しながら）のいい化粧水を作って、喜んでもらいたい。そう思い立って、いろいろと工夫した。薬のことも少しばかり学んだんだ。やっと出来上がったこの新しい化粧水を、おふうさんに使ってもらいたくて、恥を忍んでここまで来た。もちろん金は取らないし、信じられなければ捨ててくれていい。ただ、俺の詫びの気持ちだと思って……」

「どうして、あたしにそんなことを――？　あたしがあまりに哀れだからですか」

「おふうさんを哀れんでなんかいない。申し訳ないことをしたという気持ちがいちばんだ。けど、ああなって初めて、俺は本当におふうさんのことを考えた。おふうさんがどんなふうに俺のことを見ていたのか、俺の正体を知ってどんな気持ちになったのか。さっき言っていたことも聞いたよ。俺みたいな男を混じりけのないきれいな心でまっすぐ想ってくれるのは、後にも先にもおふうさんだけだ。俺がそう気づいたことだけは、せめて知っておいてくれないか」

菊慈童はそう言って、おふうの顔をうかがい、おふうが逃げ出さないことを確かめると立ち上がる。そして、おふうが落とした菊の花を拾うと、ゆっくりとおふうに近付いた。

おふうは足に根が生えたかのように、その場から動けないでいる。

菊慈童はおふうの目の前まで行き、自分の持参した化粧水の瓶と一輪の菊を差し出した。しばらくの間、時が止まったかのように、二人はじっとしていた。

やがて、おふうの手がゆっくりと、菊慈童の差し出した化粧水の瓶と菊の花を受け取る。

「……おふうさん、ありがとよ」

菊慈童が涙ながらに言い、おふうの両手を握り締める。手を取り合う二人の姿と共に、芝居は幕引きとなった。

三

自分でも不本意ながら、久作は最後の場で、喜八と弥助の演じる姿に見入ってしまった。

「いいお芝居だったわ。あたし、泣きそうになっちゃった」

「あたしは最後、本当に泣いちゃったわよ」

隣の席のおしんと梢は昂奮（こうふん）気味に話している。

涙するまではいかないが、久作も感動した。初めはぎこちない演技と見えていたのに、最後の方はそれも気にならなかった。台帳の筋書きがいいせいだろうか。

とはいえ、芝居が終われば、現実が迫ってくる。気になることはいくらもあった。

筋書きは、玉上新之丞が刺された事件を元にしているのだろうが、あの事件は先月起きたばかりだ。芝居になるのが早すぎやしないか。それに、抱えの役者が関わる事件を、当の山村座が芝居に仕立ててみせるとは――。

また、主役の職業が化粧水売りなのはいただけない。あれでは、まるで化粧水売りが詐欺師みたいに思われてしまうではないか。ふと怒りに近いものが込み上げてきたが、

（まあ、俺にはもう関わりねえか）

と、久作は思い直した。それに、詐欺に近いことをやっていたのは事実だ。

（くわばら、くわばら）

自分はもう足を洗うのだから、化粧水売りがどう思われようと、知ったことではない。

（けど、新之丞が菊若水を売ってたことは、世間にゃ知られてないはずなのに……）

ふと、そのことが気にかかった。こんなふうに芝居で取り上げられるほど、もう噂になっていたのだろうか。それとも、狂言作者が独自につかんだ情報か。

（考えてみりゃ、俺は女に刺されたことこそねえが、菊慈童みたいに化粧水の行商をしていたし）

女に刺された以降の話を除けば、菊慈童は新之丞よりもむしろ自分の方に似ていやしまいか。

どうも引っかかる。

だが、観客たちは芝居の元になった事件についてはさほど気にするふうもなく、聞こえてくる声は芝居の中身に関するものばかりであった。

（そうだ。今日の芝居より、藤堂鈴之助に引き合わせてもらうことの方が俺にとっては大事だ）

どういうわけか、鈴之助は芝居に出ていなかった。後から出てくるのかとずっと心の片隅で気にかけていたが、最後まで登場しなかった。

あの芝居であれば「おふう」こそ、花形である鈴之助の役どころであろうが……。

「あの、今の芝居に鈴之助の旦那が出てるかと思ってたんですが……」

久作が尋ねると、

「確かに、そうなんだよね」

と、嘉右衛門は不思議そうに首をかしげている。

「私たちも、新之丞の代わりに鈴之助が出ると思っていたんだよ」

と、宮城屋と隠岐屋は言った。鈴之助の贔屓筋というわりに、鈴之助の出番がなかったことに不満を抱いている様子はない。

「まあ、私たちもはっきり鈴之助が出ると聞いていたわけでもなくてね」

隠岐屋がのんびりと言う。

「ただ、お前さんを鈴之助に引き合わせようという話になった時、鈴之助から今日の芝居をお前さんに見せてほしいと頼まれたんだよ」

宮城屋と隠岐屋は、鈴之助が自分の演じる姿を見せ、後で感想でも聞くつもりなのだろうと思ったそうだ。

「では、この後、鈴之助の旦那に会わせていただけるのでしょうか」

芝居が始まる前より余裕のなくなった心持ちで、つい久作は尋ねてしまった。

「もちろんだ。芝居が終わった後は、先ほどの茶屋で待つようにと言われている」

と、宮城屋が言う。

「え、それでは……」

初めから茶屋で待っていればよかったではないか。鈴之助の演技を見せられるでもなく、芝居後に小屋で落ち合うわけでもないのなら、久作が今日の芝居を見ることにどんな意義があったのだろう。

(何か、企まれているんじゃねえか)

ふと嫌な予感がした。

はっと思い当たったのは、先ほど桟敷で見かけた鬼勘のことである。だが、そちらの桟敷へ目をやると、鬼勘はもういなくなっていた。

「それじゃ、私らもかささぎに戻りましょうか」

と、隠岐屋が言い出した。嘉右衛門は「そうですすな」と素直に応じているし、鈴之助に会わせてもらうためには行かぬわけにもいかない。少し心をかすめた嫌な予感は無理に呑み込み、久作も立ち上がった。

宮城屋と隠岐屋の娘たちは同行しない様子で、「喜八さんたちが出てくるのを外で待ってましょうよ」などと話しているのが耳に入ってきた。

「お嬢さん方は、おふう役の役者のご贔屓でしたか」

帰り道、宮城屋たちに訊いてみると、二人とも「ええ、まあね」とうなずいている。

「喜八と呼ばれていましたっけ。茶屋で働いてるのを見かけたことがありますが」

「そうそう。それで、うちの娘たちもかささぎによく行っている」

「つまり、贔屓の役者に会うために、ということですか」

「そうなんだろうね。そのうち、大茶屋で一席設けてくれと言い出すかもしれませんな」

　宮城屋と隠岐屋は顔を見合わせて笑っていた。

「そういや、あの喜八さんは鈴之助の甥っ子なんだよ」

　隠岐屋の言葉に、久作は仰天し、ついで体の力が抜けていくような気分になった。演技力のわりに人を惹きつけるあの男前は、鈴之助の甥という強みまで持っていた。鈴之助はいずれあの甥を後継者にするつもりなのだろう。なんだ、それでは自分が新之丞の代わりに弟子入りさせてもらえたところで、さほどの厚遇は期待できまい。鈴之助は甥が後継者として育つまでのつなぎが欲しいだけなのだろう。

　それでも、今の自分にとって鈴之助の弟子という立場は、喉から手が出るほど欲しいものである。ただ、鈴之助の甥は、久作の持たないものをすべて持っているように思われた。芝居を見る前、鈴之助と自分を引き比べ、とことん恵まれている相手を妬ましく思ったものだが、その時とは比べようもないほど醜くゆがんだ気持ち。

（あの若造には鈴之助との縁故ばかりか、整った容姿も若さも、観客の目を惹きつける力もある）

　自分にはいったい、何があるのか。

（ああいう恵まれた野郎がいるから――）

これまで心の奥で沈滞していたどす黒い不満が、一気に噴き上げてこようとしていた。

「源之助さん？　……どうしたんです、久作さん」

腕を揺さぶられて我に返った。気づけば、いつの間にやらかささぎの店前に到着していた。る。

宮城屋と隠岐屋の旦那方、それに嘉右衛門も久作に気がかりそうな目を向けてきていた。

「芝居の前から少し顔色が悪かったが……」

隠岐屋が顔色をのぞき込むようにしながら言う。

「いえ、大事ありません。少し考えごとをしていただけで」

適当にごまかしたのを信じてもらえたかどうかは分からないが、とりあえず四人で再びかささぎの暖簾をくぐった。

「あら、お帰りなさいませ」

女将のおもんがにこやかに出迎えてくれる。

先ほどと同じ席に案内されたが、他の客はいなかった。茶を四人分、宮城屋が注文する。

間もなく茶が運ばれてきて、久作も茶碗を手にした。茶を飲めば少しは気が鎮まるかと思ったが、ささくれ立った気分はいっこうに改善しない。酒でも飲みたかったが、さすがに申し出ることはできなかった。

「ところで、源之助さんは我を忘れるほど、何を考えていたので？」

隠岐屋が話を蒸し返してきた。

「いや……その、本当に鈴之助の旦那にお会いできるのかなと、少し心配になってきて」

「私ら、鈴之助の贔屓筋がそう言っているんだよ」

宮城屋が自信たっぷりの口調で言う。

「それは……存じておりますが」

こうして鈴之助の女房が営む茶屋へ連れてきているのだし、嘘ではないのだろう。だが、さっきの芝居の筋書きといい、裏に何かあるのではないかという疑念は増すばかりだ。

それに、今日会ったばかりの宮城屋と隠岐屋はともかく、嘉右衛門は何を考えているのだろう。本当に、自分を役者の世界に戻そうと後押ししてくれているのだろうか。

やがて、茶も飲み終わったが、これという話が盛り上がることもないまま、時だけが過ぎていった。不思議なことに、久作たちの後から店に入ってくる客は一人もいない。

芝居から帰る客が一人も立ち寄らないのは不自然ではないか。

「あの、本当に鈴之助の旦那は……」

黙って待つのに耐えがたくなって、久作が思わず声を上げたその時、店の戸ががらっと開けられた。

やっと鈴之助が来たのかと思って目を向けると、何と暖簾を割って現れたのは、つい先ほど芝居小屋でおふうの役を演じていた喜八という役者であった。その後ろに続く形で、弥助も店へ入ってくる。

「あ……」

久作は小さく声を上げるしかできなかったが、

「おお、若旦那」

と、明るく声をかけたのは宮城屋であった。

「今日の芝居、楽しませてもらったよ」

「それはどうも。梢さんにも小屋の近くでお会いしました」

と、喜八は宮城屋に返している。それから隠岐屋に挨拶し、「おしんさんもご一緒でしたよ」と続けた。

「肥後屋の旦那さんと久作さんもどうも。久作さんは前に来てくださいましたよね」

喜八の目が久作をとらえてきた。前に立ち寄った時、喜八とは話をしなかったので、初めて言葉を交わすことになる。

「へえ。よく覚えておいでで」

久作はさまざまなものを呑み込んで、返事をした。

「そりゃあ、覚えていますよ。店の中で、客の娘さんに化粧水を売る手際は目を瞠るものでしたから。ついでに、そのお嬢さんが久作さんから二本目の化粧水を買った後、その化粧水の品質がよくないと怒ってると聞きましてね。余計に忘れられなくなってしまったというわけです」

喜八は滔々と語った。

「なん……だって」

喉の奥から掠れた声が出た。

この店で菊若水を売りつけた娘については久作もよく覚えている。だが、その後のやり取りまで、喜八の耳に入っているとは思わなかった。ということは、藤堂鈴之助にもすべて筒抜けということだろう。

「さあ、俺には――」

この場ではとぼけるしかない。怒りを封じ込めて素知らぬ顔を取り繕うと、

「さすがは元役者さんですね」

盛大な嫌味が飛んできた。喜八ではなく、先ほど主役の菊慈童を演じていた弥助からである。

「いったい、何が言いたいんだ?」

思わず声を荒らげると、「まあまあ」と喜八が間に入ってきた。

「それは、これからゆっくりお話ししますよ」

と、虫も殺さぬような顔で言う。

「そもそも、なぜあの芝居を久作さんに見せたのか、そのことも気になっているのではありませんか」

「それは……」

久作は思わず身を乗り出しかけ、慌てて平静を取り繕った。喜八はにやっと笑うと、久作と通路を隔てた隣の席に腰を下ろした。続けて、弥助が喜八の前の席を陣取る。

久作は息を詰めて、喜八の口もとに注目した。

四

喜八は緊張した様子の久作を見つめ返した。

久作のしたことは、本人が罪深さを理解しているか否かはともかく、鬼勘たちによってほぼ明らかになったという。真間村のお菊に限らず、粗悪な化粧水を高値で買わされた女たちはそろって証言しているし、いくつもの声が集まっている以上、久作は己の犯した罪から逃れられないはずだ。

今日の興行はその久作をおびき出すための策だが、久作をすぐに捕縛せず、旦那衆と一緒に芝居を最後まで見せたのにも理由はある。少々回りくどいが、いかなる悪も見過ごさぬという鬼勘が考え出した策であった。

「まず、初めに一つお断りしなければならないことがあります。今日、御覧になったのは山村座の本物の芝居ではありません」

喜八は客たちを見回しながら告げた。

「どういうことか」

この告白をすると、何も知らなかった者が大いに混乱するのは、いつものことである。今回、困惑の表情を見せたのは久作と嘉右衛門であった。

宮城屋と隠岐屋が驚かないのは、事情をすべて知っているからだ。その態度を見て、久作と嘉右衛門は顔色を蒼くした。

「山村座の九月の演目は『菊慈童花供養』といいましてね。今日の演目『菊慈童露の一雫』と名前は似てはいますが、別物なんですよ」

「しかし、今日の芝居だって山村座の芝居小屋を使っていたじゃないかね」

嘉右衛門が怒ったような声で問うた。

「はい、座元の許しを得て小屋を借りたんです。それに山村座の役者さんも出ていましたので、まるきり偽物じゃありませんが、本物の芝居とは言えません。第一、俺も弥助も役者じゃありませんで」

「役者じゃないなら、何なんですか」

「茶屋の運び役ですよ」

久作の問いかけに、喜八は悠然と答えた。

「特に俺は叔母さんからこの店を任されてますんでね。店を放り出して、役者になる気はありません」

「役者の傍ら、小遣い稼ぎに茶屋を手伝っているのでは？」

「違います。一日限りの仮の芝居に、本物の役者さんは使えませんからね。端役ならともかく、せりふも多い役は負担も大きいですし」

「なら、いったい、何のためにあの芝居を――？」

久作が突っかかるような勢いで尋ねてくる。

「そりゃあ、気になりますよね。でも、あの芝居の流れから、おおよそ見当はついているんじゃありませんか」

喜八はじっと久作の目を見据えた。久作は喜八を睨み返してくる。

しばらくの間、どちらも退かない睨み合いが続いた。が、先に目をそらしたのは久作だった。久作は大きく息を吐き出すなり、仕方なさそうに口を開く。

「さっき、俺の化粧水に文句をつけたお嬢さんの話が出ましたが、そういう声があることは俺も知っています。けどね、いい化粧水だって喜んでくれるお客さんはその何倍もいる。あの芝居の筋書きは、文句を言ってるお客さんからの聞き取りをもとに、話をふくらませたんですか？　何のためにそんな筋書きにしたのかは見当もつきませんけど」

「菊慈童が最後に言っていたでしょ。初めはちゃんとした化粧水を売る。でも、途中から品質の悪いものに変えたって。久作さんもそうですよね。久作さんに心を奪われて、多少の悪さをしても逃げないと分かった相手とか、新しい客を連れてこなそうな相手には、品質の悪いものを渡す。けど、中には文句を言う人も出てくるわけです。久作さんに夢中の娘さんだって、同じような扱いの女が他にもいると知れば、問い詰めてきたでしょう。そうなると、久作さんはさっと姿を消しちまう。それはもう見事なくらい鮮やかにね」

喜八はいったん口を閉ざし、久作の様子をうかがった。相変わらず喜八からは目をそらしたままである。

「ところが、久作さんと違って、新之丞さんはそういう商いや女の人の扱いに慣れてなかった。久作さんは菊若水を渡して、金の稼ぎ方を教えてあげたんでしょうが、新之丞さんは見事に相手の女の人を怒らせてしまったわけです。もちろん、山村座の役者である新之丞さんには、久作さんのように逃げ場なんてなかった。それが先月、ここの表通りで起きた事件だったわけです」

「俺は……あの事件には何も……」

久作は低い声で呻くように呟く。

「もちろんその通りです。あの件で、久作さんに罪を着せることはできません。新之丞さんに刃を向けたおすまさんを追い詰めたのが新之丞さんで、新之丞さんを唆したのが久作さんだとしてもね」

「だったら、何なんだ！　どうしてあんたは俺を問い詰めるような物言いをしてくる」

久作の目が再び喜八に向けられた。血走った両眼からは今にも激しい怒りがはじけ飛びそうだ。

「久作さんには、化粧水を買うお客さんたちを騙した罪がありますよ。ただ、久作さん一人の仕業にしては少々大掛かりです。そもそも化粧水を久作さんが作っていたとは思えません。それに、危なくなったところで姿を消す時機を見計らうのも、決して容易ではないでしょう。早すぎれば稼げる金が減り、遅すぎればお縄になるかもしれない。久作さんは誰の指示も受けずにやっていたのですか」

「それは……」

久作の眼差しが傍らに座っている嘉右衛門へと流れていく。ところが、久作が先を続ける前に、嘉右衛門が自ら口を開いた。

「久作に薬を卸していたのは、この私、肥後屋です。菊若水も間違いなく、私が久作に渡した。しかし、あの水はへちまから採ったもので、何ら悪いものは入っておりません。もし久作から菊若水を買ったお客が、粗悪な品だと言っているなら、それは久作が勝手に手を加えたからだ」

最後は荒々しい口調で、嘉右衛門は言った。久作に向ける目には激しい怒りと侮蔑の色

が乗っている。だが、

「何だって！」

と、裏返った声を上げた久作もまた、負けず劣らず敵意に満ちた眼差しを嘉右衛門に向けていた。

「よくも、そんな出鱈目を。化粧水を水で薄めりゃいいと、俺に勧めたのはあんただろ。もう忘れちまったのか。そのうち、へちまから採った水なんか一滴だって入ってない、何を煎じたのかよく分からない水を俺に渡してきたくせに」

「出鱈目とはよく言ってくれる。お前さんが中村座の芝居小屋で、ろくろく役に就けない頃、世話をしてやったのはいったい誰かね。ちょっとした小遣い稼ぎの世話を焼き、中村座を追われた後は薬売りで身が立つようにしてやった。まったく、これほどの恩知らずと知っていたなら初めから……」

「あんたの言う世話とは、金儲けの手駒にすることだろ。あの頃、あんたが押し付けた化粧水『天の水』のせいで、俺は役者を続けていけなくなった。小遣い稼ぎになると言うあんたの誘いに乗ったりしなけりゃ」

　天の水とは、久作が役者だった頃、女たちに売りさばいていた化粧水の名だと、喜八も六之助たちから聞いている。この天の水を買わされて金を搾り取られた上、久作に騙されたと中村座に訴える女たちが現れ、久作は役者としての道を断たれたのだ。そのことをぶ

ちまけて、嘉右衛門を口汚くののしった後、

「俺が中村座にいられなくなったのは、あんたのせいだ」

と、久作は怒鳴った。

「それが本当だと、誰の前でも言うことができますか」

喜八が尋ねると、久作は「言える！」と叫んだ。

「それじゃあ」

喜八は弥助に目を向け、弥助がさっと戸口へ走る。それを開けると、現れたのは鬼勘の一行であった。

「元役者、小車源之助、今の名は久作で間違いないな。他にも使っていた名を把握しているが……」

突然の鬼勘の登場に、久作は目を丸くしている。嘉右衛門も一瞬驚いたようだが、こちらはすぐにその目に凶悪そうな色を浮かべた。

「間違いございません、中山さま。この者は私が渡した化粧水を高値で売り、それだけでは飽き足りず、偽物をそれと称して売りさばいていたそうです。どうかお縄にして、罪を償わせてやってください」

嘉右衛門が勢いよく述べ立てた。

「ほほう。久作の言い分はまた違うのではないか」

鬼勘の言葉に、ようやく久作が我に返る。

「この肥後屋の旦那が俺に粗悪な化粧水を、いや、ただの水を売れと言ったんです。俺はこの男の言う通りにしただけだっ！」

久作は立ち上がると、唾を飛ばす勢いで鬼勘に訴えた。

「おぬしらの言い分はこれからゆっくり聞いてやる。いずれにしても、どこぞに隠れ潜んでいた久作をあぶりだすための今日の芝居、うまくいったようで何より」

鬼勘は宮城屋と隠岐屋、それから喜八、弥助と順に目を向け、満足そうにうなずいた。

宮城屋と隠岐屋が恭しく頭を下げる。

「これは、どういう……」

嘉右衛門はわなわなと体を震わせて、宮城屋と隠岐屋を睨みつけた。だが、嘉右衛門の問いに答えたのは鬼勘であった。

「我らは、久作の悪事についてはつかんでいた。されど、近頃の久作はどこぞへ潜んでしまい、姿を見せぬ。それも道理よな。我らの動きを察した肥後屋の嘉右衛門、おぬしが久作をかくまっていたからだ」

「なっ……」

「しかし、菊若水を売って金を上納するならともかく、稼ぎもない久作はおぬしにとって厄介者でしかなかったろう。その上、久作は心の底では、役者としての芽を摘み取ったおぬしを恨んでいた。おぬしもそれを察していたのではないか。ゆえに、何とかして久作を安全な形で厄介払いしたかったはずだ」

　嘉右衛門と久作のつながり、さらにはそれぞれの内心を憶測した鬼勘は、策を講じた。久作が役者に戻れるかもしれぬと期待を持てる道を用意し、宮城屋や隠岐屋を使って、嘉右衛門の耳に入るよう仕向けたのだ。久作がその話に飛びつくのは言うまでもないが、その前に嘉右衛門が食いついた。

「おぬしはその話に乗り、隠れていた久作をこうして木挽町へ誘い出してくれた。かくして我らは久作をおびき出せた上、その口から肥後屋の悪事をも暴き出せたというわけよ」

　鬼勘が口を閉ざすと、立ち上がっていた久作が力尽きた様子で、再び座り込んだ。嘉右衛門は溜め込んだ怒りを吐き出すように、台の上を拳で叩きつける。

　鬼勘の指示により、配下の侍たちがわらわらと進み出てきた。久作と嘉右衛門を引きずり出すと、手早く手首に縄をかけて店の外へと引き連れていく。

「江戸の女たちの心をもてあそび、金を搾り取った悪党どもをついに捕らえることができた。おぬしたちの尽力に礼を言おう」

　最後に残った鬼勘が、一同にもったいぶった口ぶりで告げた。

「あのう。おすまさんはその後、どうされているのか、教えていただけませんでしょうか」

宮城屋が慎ましい物言いで、鬼勘に尋ねる。

「娘たちがさかんに気にかけておりますのでな」

と、隠岐屋も口を添えた。

「ふむ。本来は軽々しく口にすることではないが、おぬしらには格別だ」

そう断った後、鬼勘は軽く背を向けると、独り言のように、

「おすまの身は、父親が罰金を払ったことで解き放たれた。今は親に見張られつつ、家で静かにしているだろう」

と、言った。続けて「ああ、それから」と思い出したように付け加える。

「玉上新之丞だが、山村座の座元が身柄を引き取ったゆえ、次の芝居の稽古にでもいそしんでおるのではないか」

次の芝居とは、明日から始まる「菊慈童花供養」である。当初、新之丞はその穆王役で出ることが決まっていたはずだが、配役はどうなったものか。

「ところで、明日はお越しくださいますよね」

去っていく鬼勘に、喜八は声をかける。

鬼勘は少し驚いた様子で立ち止まり、振り返った。その時、初めて喜八は気づいた。考えてみれば、おべんちゃらでも鬼勘にこんな言葉をかけたことは、これまでに一度もない。

（それどころか、できれば来ないでほしいと考えていたんじゃなかったっけ）

それが、どうして正反対の言葉を口走ることになったのだろう。

思えば、喜八がかささぎを預かって半年余り、鬼勘との間にもいろいろなことがあった。警戒され、警戒もし、怒りのあまり食ってかかったこともあれば、力を合わせ、まがりなりにも町の平穏を守ったこともあった。

そして、いつの間にやら――。

鬼勘は「かささぎを役者に会える茶屋にする寄合」の一員に加えられている。その名を背負うからには、やはり明日はここへ来なければならないだろうし、来てほしいとも思う。

「そうだな。明日はおぬしらのいわば初舞台。何とか暇を見つけて、邪魔するとしよう」

鬼勘はそう答えて、ぷいと前を向き直ると店を出ていった。

(鬼勘の奴、照れてなかったか？)

つられて少し照れくさい気分になったが、それを隠して喜八は「お待ちしていますよ」と声を張った。

五

九月九日は重陽の節句だ。菊の節句ともいい、五節句の最後を飾る。

無病息災を願い、邪気を祓う行事であるが、不老長寿がことさら口にされるのも重陽の節句の特色だ。この日、菊花に浸した菊酒を飲むのも、菊に宿った露が不老長寿の霊薬であるという伝承にちなんだものである。

この当日、茶屋かささぎでは、種々の茸に蓮根、玉子、白ごまに刻み海苔のちらし寿司の上に、鮮やかな黄菊と紫菊の花弁を散らせた「菊花ちらし」を出した。ついでに、ふだんの酒に替えて「菊酒」を用意している。

そして、喜八と弥助の衣装もふだんとは違う。

喜八は鮮やかな紅の地に、一面黄菊を散らせた華やかな女物の小袖に、帯は男物の紺鼠色をふだん通りに締めている。小袖は昨日の芝居で、おふうが最初に着ていた着物だ。

今回、髪型から履物まで、すべてを女装にするという案もあったが、さすがにそれでは動きにくいため、小袖だけを女物とするところに落ち着いた。

――喜八さんはふだんの顔が華やかだから、そのままで女物の派手な小袖がすごく似合うわ。

というおあさの言葉により、髪型もふだんのまま、化粧もせずに接客することになり、内心で喜八はほっとしている。

一方の弥助は、昨日の芝居でも着ていた粋人めいた唐桟留の小袖姿だ。紺と青の縦縞に細い赤が入っており、蘇芳色の帯を片ばさみにしている。

――これじゃあ、ふだんよりちょいとおしゃれな感じにしか見えないな。

三郎太が首をかしげ、この上から菊模様の派手な羽織を着るのはどうかと勧めてきたのだが、

——だったら、本物の菊の花を簪（かんざし）みたいに挿したらどうですか。

と、おくめが言い、その案が採られた。今の弥助は髪に黄菊を挿している。これが、菊慈童に扮しているという目印にもなるというわけだ。

この日、「菊花ちらし」を注文した客は、その際、おふうか穆王、あるいは菊慈童と付け加えると、指定した相手に注文の品を運んでもらうことができた。

さらに、おふうの場合は甘く煮た胡桃（くるみ）が、穆王の場合は塩ゆでの銀杏（ぎんなん）が、菊慈童の場合はぐい呑み一杯の菊酒が追加される。

接客そのものはいつもと同じだが、芝居の衣装を着た喜八や弥助を目の前で見ることができるという、特別なもてなしに客たち——特に女客たちは大喜びであった。

この日、おあさとおくめは朝から駆けつけ、その後もずっと、店の奉公人のごとく立ち働いてくれている。喜八と弥助が注文を取って、求められた相手に料理を運ぶ間、もてなしの違いを客に説明するのはいつしか、おあさとおくめの役目になってしまった。

そうして次々に注文の入る昼時、喜八たちが忙しく働いていると、おしんと梢が現れた。

「お二人さん、昨日はどうも」

喜八はいつもより少しぞんざいで、その分親しみのこもった挨拶をした。二人の父親た

ちを巻き込んで、鬼勘の捕り物に力を貸したことで、二人との仲も縮まった気がする。二人もそれを喜んでいるようであった。

「今日は、本物の『菊慈童花供養』を見に行くのかい？」

喜八が尋ねると、二人は「いいえ」と首を横に振った。

「菊慈童のお芝居は、昨日、喜八さんと弥助さんのを見たから、もう十分」

と、梢は笑顔で言う。

「興行中に見に行く気になれば別だけど、今はいいわよね」

おしんもさばさばした口調で言った。

「それに今日は、喜八さんを見に来たんだもの」

と、梢はうっとりした口調で言い、「菊花ちらしをお願いね」と迷うことなく注文した。

店の入り口で、もてなしの違いはおあさから聞いていたらしく、梢は「おふう」を、おしんは「穆王」を頼んだ。

「毎度どうも。それじゃ、後で届けに来るよ」

と、喜八も長く話している暇はない。その後、用意が調った菊花ちらしを持っていくと、

「わあ。きれい」

黄と紫の菊をちらした華やかな見た目に、二人の目は輝いた。

「喜八さんみたい」

と、梢からまぶしそうな目を向けられた時は、さすがに照れくさくもあったが、喜んでもらえれば素直に嬉しい。

「この菊は食べられるからね。少し苦みがあるかもしれないけれど、酢飯と一緒に食べると、よく合うんだ」

店の中はこの日を楽しみにやって来た客で混み合い、すぐにその場を離れてしまったが、二人が笑顔のまま、箸を口に運んでいるのを見て、喜八はほっとした。

それから、おしんと梢は食事が終わった後、何やら小声で話していたが、やがて五十文ずつ、食事の金を置くと帰っていった。何か話したそうな眼差しには喜八も気づいていたが、二人は暇なく立ち働く喜八を見て、遠慮してしまったらしい。

その時の事情については、昼過ぎの休憩の折に、おあさから打ち明けられた。

「おしんさんと梢さんから、喜八さんたちに言づけてくれって頼まれたの」

二人はおすまのことを話そうとしていたらしい。

昨日、それぞれの父親の口を通して、おすまが自宅に帰っていたことを聞かされた二人は、今朝、おすまの家を訪ねたそうだ。おすまの親も、おしんと梢の気持ちを汲み、会わせてくれたという。

「おすまさんは、新之丞さんに入れ込んでた時と違って、とても落ち着いていたそうよ」

と、おあさは告げた。

「新之丞さんへの恨みの気持ちはどうなんだろう」

喜八は昨日演じたおふうのことを思いながら呟いた。誰に尋ねたというわけでもなかったのだが、

「もちろん、完全に消えてなくなるなんてことはないでしょうけど」

と、おあさが応じた。

「おすまさんは、自分が愚かだったと肩を落としていたんですって。新之丞さんは本気じゃないってどこかで分かっていたのに、甘い言葉にすがって信じ込んで……別れを切り出された途端、裏切られたと怒りで頭がいっぱいになって。今はそんな自分の愚かさが分かるから、新之丞さんだけを恨んではいないと言っていたそうよ」

「そうか。おすまさんが立ち直ってくれるといいな。せっかく家へ戻れたんだしさ」

「それは大丈夫だと思うわ」

おあさがそれまでと違う明るい声になって言う。

「おすまさんには許婚（いいなずけ）がいらしたそうなんだけど、今度のことで破談になっちゃったんですって。その代わりではないけれど、親御さんのお考えで付き合いのある商家へ奉公に出ることが決まったそうよ。心根を入れ替えて頑張りたいと、おすまさんは言っていたというから」

その話に、喜八は少しほっとする。昨日の芝居の後半は、事情を知る人が見れば、おす

まと新之丞の事件が元になったと分かるものだ。あれを大急ぎで書き上げたのは儀左衛門だが、喜八としては最後があれでいいのかと少々胸の中がもやもやしていた。

菊慈童がおふうに刺されて懲らしめられたのはよいとして、最後に謝って許されるのは、芝居といえど都合がよすぎやしないか、と——。しかし、「一応は主役やしなあ。最後まで悪役のままでは芝居が締まらんし、何より客は大団円が好きやから」という儀左衛門の言い分により、ああなったのだが……。

現実は、芝居のように都合よく事は運ばない。おふうが菊慈童を許したように、おすまが新之丞を許すことはないだろう。それでも、おすまが新之丞と手を切り、新しい道を潔く進んでいくのなら、悪くない結末だった。芝居としては締まらないとしても。

その時、外の戸をどんどんと叩く音が聞こえてきた。

「ちょいと、暖簾下がってるけど、いいかい?」

がらがらと戸を開けて入ってきたのは、三郎太である。

「おお、俺の作った衣装が映えてるねえ」

喜八と弥助を見ながら、満足そうに言う。だが、すぐに表情を引き締め、

「もうそろそろだろ。そんなにのんびりしていていいのか」

と、三郎太は慌て出した。

これから店を再び開ける前に、表通りで小芝居を見せるのである。昨日、「菊慈童露の

「一雫」で演じたおふうと菊慈童の一場面を——。

「ええと、口上をやるのは六之助さんだろ。まだ来ていないのか」

　三郎太は店の中を見回しながら訊いた。

「今日は初日だから、六之助さんもお父つぁんの手伝いで忙しいのよ。間に合わない時はあたしがやるから」

　おあさが頼もしげに胸をとんと叩いたところで、

「いやいや、遅くなりました」

と、六之助が汗を拭き拭き、飛び込んできた。店を開けるのが七つ時（午後四時）だから、その少し前にと約束していたのだ。

「芝居の出来はどうだったんですか」

　喜八が六之助に尋ねると、「まあまあでしたよ」と六之助は息を整えながら答える。

「鈴之助の旦那の熟練ぶりには歯も立ちませんが、新之丞なりに頑張っていましたからね。お客さんも新之丞の事件は知ってますから、厳しく温かい目で見てくださっていました。ここで新之丞を立ち直らせなきゃいかんと、幕引きの後は何人も新之丞のもとへ詰めかけていましたね。厳しいお叱りの言葉も多かったようですが……」

「新之丞さんはどうだったんです」

「神妙な様子で聞いていましたよ。ま、あいつも後がないって覚悟の上でしょうから」

六之助は言い、「さあ、次は若旦那と弥助さんですね」と気持ちを切り替えた声を出す。

　喜八は弥助と顔を見合わせ、うなずいた。

（形は違えど、かささぎの名は俺が親父から受け継いだものだ）

　言うならば、今日はその旗揚げである。

（見てろよ、親父。これが親分の倅としての、俺の心意気だ）

　心は昂り、ほどよい緊張の中、喜八は気を引き締める。

　おあさと三郎太が、人前に出る喜八、弥助、六之助の身なりを厳しく見定め始めた。喜八は事前に用意されていた女物の麻の小袖を頭からかぶっている。これは、男の髪型のまま女役を演じるための工夫であった。

　弥助の頭に挿した菊の花の向きを三郎太が直して、用意が調うと、皆はそろって店の前へ出た。

「さあさ、木挽町を行く皆さん、ちょいとお耳を拝借願います。芝居茶屋かささぎでは、芝居のできる男がお客さまをおもてなし！　お疑いなら御覧あれ。昨日、山村座でかかった一日限りのお芝居『菊慈童露の一雫』から、菊慈童とおふうの掛け合いですよ」

　六之助がこれまで聞いたこともない大きな声を出して口上を述べた。意外なことに、これがなかなか巧みである。六之助からの目配せを受け、喜八は前に進み出た。

『あれから二年。あの人はどうしているのかしら。いえ、もうあたしには関わりのないことね』

　最後に二人が再会する場面。せりふは小芝居用に縮めてある。弥助が進み出てきた。

『おふうさんだね』

『き、菊慈童さん？』

　喜八が後退りすると、

『俺が悪かった！』

　と、弥助は叫んで頭を下げた。昨日の舞台では土下座したところだが、今日はするなと三郎太から言われている。弥助は顔を上げ、喜八をじっと見つめてきた。

『もう……いいんです。終わったことですから』

『終わってない！　いや、俺の中では終わってないんだ』

『あたしがあまりに哀れだから、そんなことを？』

『違う。……俺みたいな男を混じりけのないきれいな心でまっすぐ想ってくれるのは、後にも先にもおふうさんだけだ』

　間のせりふはだいぶ端折(はしよ)って、一気に最後の交情まで飛ぶのだが、芝居を見ていない人にはちょうどいいだろう。昨日はおふうの落とした菊の花を拾ったところで、今日の弥助は髪に挿した菊を抜き取り、喜八に差し出してきた。

　喜八はしばらく動かない。十分な間を取ってから、弥助はゆっくりと歩き出し、喜八の目の前までやって来る。二人は黙って見つめ合い、やがて喜八はおもむろに菊の花を受け取った。

『おふうさん、ありがとよ』

と、言うなり、弥助は喜八の体を抱き寄せる。昨日は互いに手を取り合っただけの場面だが、「ここは菊慈童がおふうを抱き寄せる感じで」とおあさが言い出したのだ。絶対にその方が皆に喜ばれると言い張る。

——喜八さんの顔は麻の小袖で隠れているし、気にすることないでしょ。あ、ただし、小袖が落ちないように注意してくださいね。あくまで男と女という体で。

喜八は小袖が飛ばないように手で押さえつつ、顔を弥助の胸に伏せ、見物人たちから隠すようにした。本当に皆が喜んでくれるものかと半信半疑だったのだが、

「きゃあー」

喜八と弥助が寄り添った瞬間、見物人たちの中から声が上がった。何事かと驚いて顔を上げようとする喜八に、「若、そのままで」と弥助が小声でささやいてくる。

悲鳴と思われたその声は、どうやら感激の余り放たれた奇声であったらしい。

「さて、皆さん。茶屋かささぎでは、今日一日、菊花ちらしか菊酒を頼んだお客さんを、この役者二人がおもてなしいたします。ぜひお立ち寄りください。また、山村座では今日から、今御覧になった菊慈童とは一味違った『菊慈童花供養』がかかっております。手が

けた狂言作者は東儀左衛門。九月の山村座はぜひお見逃しなく」

六之助の最後の口上と共に、外での小芝居は終わった。喜八と弥助は六之助がしゃべっている間に急いで店へ戻り、暖簾を掲げて客を迎え入れる支度を始める。

松次郎はずっと調理場で、菊花ちらしの注文が入ることを見越し、その準備をしているはずだ。

（さあ、もうひと踏ん張りだな）

喜八は気を引き締め、弥助と共に客を待ち受ける。

最初に悠然と入ってきたのは鬼勘であった。

六

「いらっしゃいませ」

鬼勘と配下の侍二人をいちばん奥の席へと案内し、喜八が相手をする。

「まさか、今の御覧になっていました？」

「ふむ」

鬼勘は顎（あご）をいじりながら、真面目な顔でうなずいた。ところが、

「なかなかよかったぞ。昨日よりも気持ちの入り具合が勝っていた」

と付け加えた時にはにやにや笑っている。

「昨日のは東先生のご指導によるもの。今日のはおあささんのご指導ですよ」

「ほほう、あの娘。演技を指導する腕もあるのか」

などと言っているうち、次々に客が入ってきたので、喜八は注文だけを聞いて切り上げた。三人とも菊花ちらしを注文したが、追加のもてなしは胡桃、銀杏、菊酒と、それぞれ別で頼むという。

再びおあさとおくめの手を借りながら、客の注文を受け、料理を運び、てんやわんやのひと時が始まった。鬼勘の一行にはすぐに菊花ちらしを運んだが、

「おお、酢飯のちらしはいろいろあるが、これは秋の恵みが豊富だな」

と、鬼勘は銀杏の皿を受け取り、声を張った。

「菊花ちらしとはまた、ようも名付けたものです」

配下の侍は、菊の花弁を散らした見た目に心を奪われたようだ。「何とも箸をつけるのがもったいないような」などと独り言ちている。鬼勘は大してかまいもせず、さっと箸を口に運んだ。

「ふうむ。少し苦みのある菊が酢飯の甘さを引き立ててくれる」

と、感心した様子で呟く。

「食べられる菊のことは知っていたが、こうしてしっかりと料理を引き立てる食べ方は初

めてだ」

「まったくですな。菊がただの添え物になっていないのは見事かと――」

「それに、一つひとつの具がそれだけでも美味く、他と一緒に食べても美味い」

鬼勘と侍たちの会話は、わざとらしいほど聞こえよがしではあったが、これから注文する客の耳をそばだてさせ、注文の品を待つ客たちの食欲を誘っていたようだ。

「この料理の功績には、私も含まれているといってよいのであろうな」

食べ終わると、鬼勘は胸を張って言い出した。確かに、食べられる菊を使った料理を――ということで、ちらし寿司の案を出してきたのは鬼勘である。中秋の日に店へ足を運んだ際、その思いつきをおあさたちに伝えてくれていた。その後はゆっくり相談する暇もなかったのだが、結局、その案を採ることになったのである。

「まあ、寄合の献立を任された身として、面目躍如といってよいであろう」

鬼勘は上機嫌である。「作ったのは松つぁんなんだけどな」という心の本音は声には出さず、喜八は笑顔で押し通した。

今はまだ肥後屋の嘉右衛門と久作の事件の後始末で、何かと忙しいそうだが、落ち着いたらまた来ると言い残して、鬼勘たちは慌ただしく帰っていった。

その後も、昼間以上に目が回るような忙しさであったのだが、

「ちょっと、若旦那さん」

ある時、女客から不機嫌そうな声をかけられ、喜八は足を止めた。

「あ、お菊さんじゃありませんか。真間村の――」

よく見れば、お菊とその連れの喜八がいつの間にやら席に着いている。弥助が案内したのだろうが、忙しくて喜八に告げる間もなかったようだ。

「大変なご盛況で何よりですけど、久しぶりに来たのに気づいてもくれないなんて、ひどいんじゃありません？」

「まったくです。面目ない」

喜八は苦笑しながら頭を下げた。真間村の喜八にも笑顔を向ける。

「喜八さんもお久しぶり」

「こ……こんばんは」

真間村の喜八はのっそりと頭を下げた。

「今日は江戸にご滞在ですよね」

もう夕方だから、これから真間村へ帰ることはあるまいと思って訊くと、明日は芝居見物に行くのだとお菊は答えた。

「そりゃあいい。今、山村座でかかってるのは、ほら、あそこにいるおあささんのお父つぁんが書いた芝居なんです。明日は今日よりは落ち着いてますから、よければまた寄ってください」

喜八が言うと、お菊は「そうするわ」とうなずき、菊花ちらしを二人前、胡桃と菊酒を添え物として注文した。

注文の品は、喜八が胡桃、弥助が菊酒を添えて運ぶのだが、いよいよ用意が調った時、

「お菊さんの簪、気づきましたか」

と、弥助が訊いてきた。

「え、簪？」

まったく気づいていなかった喜八は目を見開く。

「前におあささんたちが言っていたじゃないですか。菊若水を取り替えるか、金を取り戻してこいと言われて、真間村の喜八さんが江戸へ来た際、お菊さんへ簪を買っていったって――」

「ああ。そういや、柘植（つげ）の簪と言っていたっけ」

「菊の花の透かし彫りですよ。今日お着けになっているのがそれでしょう。褒めてあげれば、お菊さんが喜ぶだけじゃなく、真間村の喜八さんのためにもなると思いますよ」

「それはそうだな」

お菊から邪険に扱われている真間村の喜八が、少しでもよい待遇を受けられるようになるのなら、いくらでも力を貸してやりたい。だが、あの喜八から贈られた品を、菊の節句の今日も今日、髪に挿しているということは、お菊もまんざらではないというわけか。

喜八は菊花ちらしをお菊のもとへ運んだ際、今度は注意深く、簪を目に留めた。間違いなく、菊花の透かし彫りの柘植の簪だ。

「お菊さん、その簪、とてもお似合いですね」

「あら、そう？」

お菊は簪に手をやりながら、少し頬を染めている。日頃の勝気さも影を潜め、なかなかかわいらしい。と思いながら、真間村の喜八に目をやると、すっかりお菊に見惚(みと)れていた。あきれるほど分かりやすい眼差しである。おあさとおくめが選んだということを、寡黙な喜八がお菊に話しているとは思えないので、そのことには触れず、

「誰かからの贈り物ですか」

とだけ、とぼけて尋ねた。その途端、お菊は急に怒った表情になると「何でもいいでしょ」と言うなり、ごまかすように箸を手に取る。

「ほら、喜八。早く食べなさいよ。こんなに混んでるんだから、あまり長居したら悪いでしょ」

連れの喜八に八つ当たりしながら、お菊は急いで菊花ちらしを食べ始めた。お菊に見惚れていた喜八も慌ててちらしに箸をつける。

覚えず微笑を漏らしそうになるのをこらえ、しかつめらしい顔つきで喜八は弥助と二人のそばを離れた。

お菊たちは日暮れ前には帰っていき、やがて暮れ六つ（午後六時）の鐘も聞こえてきたが、いつもより客の数が多い。やがて客足も引いてきた六つ半（午後七時）頃になってようやく、儀左衛門と六之助がやって来た。ところが、二人だけでなく他に連れがいる。

「あ、新之丞さん」

今日の芝居を終えた新之丞を、儀左衛門が連れてきたようであった。

「お疲れさまでした」

喜八が出迎えると、「前は支払いができなくてすまなかった」と新之丞はすぐに謝り、紙に包んだ銭を先に差し出した。役に就けたので前借りできたのだという。

「これからは気を引き締めて、やり直すつもりだ」

と、自ら言い出した。

どことなく軽薄でいい加減に見えた以前とは異なり、真面目な雰囲気が伝わってくる。おすまに刺されそうになり、番屋で取り調べられ、付き合いのあった元役者の久作がつかまり、新之丞にもいろいろと思うところがあったようだ。

「何度も言うけど、あんたが今、手にしているもんは決して軽いもんやない。そのことを舞台に立つ度、忘れたらあかんで」

儀左衛門の言葉にも、殊勝な顔つきでうなずいている。

「先生たちも来たからさ。おあささんとおくめちゃんも休んでおくれよ」

ようやく空席も出てきたので、ずっと力を貸してくれたおあさとおくめに喜八は声をかけた。

「それじゃあ、そうさせてもらいます」

おあさとおくめはさすがに疲れ切った様子で、儀左衛門たちの隣の席に座り、菊花ちらしを注文した。

新之丞は明日の芝居もあるというので、先に帰っていったが、その頃にはもう他の客もいない。そろそろ暖簾を下ろそうかと話していた時、戸が静かな音を立てて開いた。

「ごめんくださいね。店じまいするところかしら」

聞き覚えのない女の声と上品そうな物言い。これまでかささぎを贔屓にしてくれた客たちとは違う。

「お気遣い、ありがとうございます。よろしければ、どうぞ」

弥助が言い、戸口に向かって歩き出す。女客は店の中に足を踏み入れた。店の中の明るい光の下、女客の顔があらわになる。

(え、弥助が惚れてた奥方じゃないか)

弥助が惚れたと言ったわけではないが、喜八の中ではそう刻まれている。

ついこの間、新之丞がおすまに刺されかけた事件の際、巴屋の主人に付き添われて去るのを見かけて以来のことだ。

喜八が茫然としているうち、奥方は女中と一緒に店の中へ入り、弥助によって儀左衛門たちとは離れた席へ案内された。

「菊酒だけいただきたいわ」

と、奥方は言い、弥助は調理場へと下がっていく。

奥方はものめずらしそうに店の中を見回し、やがて喜八と目が合った。

「こんばんは」

奥方はにこやかな表情で声をかけてくる。喜八は吸い寄せられるように奥方の席へ歩き出した。

「いらっしゃいませ。初めてのお客さまですよね」

「ええ、そうね」

今日、かささぎで菊酒だけを注文する客はめずらしい。今日の客はたいてい、菊花ちらしを目当てに来る者ばかりだったから。

それに、菊酒を飲むだけなら、わざわざかささぎのような小茶屋を選ぶ必要はないのだ。身分と金のある奥方のような人ならば、巴屋のような大茶屋で飲む方がふさわしいはず。

「あの、前にもお見かけしたことが……」

「そうだったかしら」

奥方は首をかしげる。そんなしぐさをすると、少女のようにあどけなく見えた。

「はい。巴屋さんとお付き合いがおありですよね。夏越の祓の時、太刀売稲荷で巴屋さんの参拝を御覧になっていた時に――」

「あら。あの時、あなたもいたのね」

奥方の方は喜八を覚えていなかった。

「それに、中秋の晩、すぐそこで事件が起きた時も……」

「そうね。あの時、わたくしもそこにいたわ」

だが、奥方は喜八に見覚えがあるとは言わなかった。色男だの、二枚目役者だのと言われ、人の記憶に残りやすいと思っていたのは、ただの自惚れだったのか。この奥方の記憶にはまったく留まっていなかったなんて。

どういうわけか、喜八はそのことで、傷ついたような気分にさせられていた。ついさっきまで、この奥方のことを気にも留めていなかったのに。どうしてそういう気持ちになったのか、自分でも不思議でならなかった。

「あなたは……ここの若旦那かしら。わたくしのことを覚えていてくれたようですけれど、どうして」

「そ、それは、おきれいな方だと思いましたので」

つい口が滑ってしまった。もちろん、きれいな人だと思ったのは嘘ではない。ただ、それを面と向かって言ってよいような人ではなかった。

だが、奥方は不快になった様子はなかった。ふふ、と上品な笑い声を漏らす。

「お上手ね、若旦那も」

どう返せばいいか戸惑っていた時、ちょうど折よく、弥助が菊酒を運んできた。ぐい呑みではなく、猪口が二つ。一つは空だが、一つにはすでに菊の花びら入りの酒が入っている。銚子も添えられていた。

女中は空の方の猪口を伏せて置き、奥方一人が「いただくわ」と花びら入りの猪口を手にした。上品そうな顔に似合わず、一気に呷る。酒にも相当強いのか、空になっても、まったく顔に出ていない。

「あなたたちもお飲みになる？」

奥方は喜八と弥助の顔を交互に見ながら面白そうに尋ねた。

「俺は……」

首を横に振ろうとした瞬間、奥方が懐紙を取り出して、紅のついた猪口を拭い始めたのが見えた。

「いただきます」

気づいた時、喜八は口走っていた。喜八が飲むと言えば、弥助は遠慮する。どういうわけか、一瞬でそう仕向けたい気持ちになった。

「そう。それじゃ、わたくしが若旦那にお酌をして差し上げる」

奥方はきれいに紅を拭った猪口を喜八に差し出し、菊酒を注いでくれた。

喜八は浮かんでいる菊の花弁ごと、ぐいと呷った。

さわやかな菊の香と酒の芳醇な香りが、鼻から頭の奥の方へと一気に突き抜けていく。

喜八は少しくらっとなりかけるのを、足に力を入れてこらえた。

「これで、若旦那も無病息災でいられるわね」

奥方の色白の顔がほんの少し揺らいで見える。小さな笑い声を聞いたように思ったが、気のせいかもしれない。

「そろそろ失礼するわ」

奥方は二杯目を飲むことなく、立ち上がった。女中が弥助に支払いを済ませてから、そのあとを追う。

喜八も弥助と一緒に、奥方を見送りに外へ出た。外には付き添いの侍が待ち受けていて、提灯を手に「どうぞ」と奥方を先導しようとしていた。

「お気をつけて」

喜八の挨拶に軽い会釈で答えると、奥方は歩き出した。どこかに駕籠を待たせているのだろうか、芝居小屋の方へ歩いていく奥方一行が見えなくなるまで、喜八と弥助はその場から動かなかった。

「……不思議な方ですね」

一行が見えなくなってから、弥助が少し躊躇いがちに呟いた。

「不思議な……？　前はきれいな人って言ってただろ」

「それもそうなんですが。今日初めて身近に接して、不思議な方だと思いました。うちには大勢の女のお客さんが来られますが、どなたとも似ていない気がします」

「そう……だな。お武家の女の人はあまり知らないけど、おきちさまとも違うよなあ」

前に店へ来てくれた赤穂藩に仕える堀部家の娘おきちを思い出し、喜八は呟いた。年齢の違いもあるだろうが、おきちには親しみやすいところがあった。

あの奥方には、馴れ馴れしく近付くのを躊躇してしまうような側面がある。あまりにも堂々として自信にあふれ、凛とした気品があって……。

（まるで大輪の菊のような――）

釣り行灯の灯された地上から空へ目をやると、半月より少しふくらんだ九日の月が浮かんでいた。ふと、先ほどの酒に浮かんでいた黄菊の花びらが脳裡に浮かぶ。同時に、抑え込んでいた酒の酔いが急に回ってきたような気がした。

「若、大丈夫ですか」

うつむいて額に手をやった喜八に、弥助が慌てて声をかけてくる。

「大丈夫に決まってんだろ」

喜八は手を顔から離して答えた。実際、一瞬だけくらっとしただけで、今はもう何ともない。

「酔われたんでしょう」

「まさか、たったの一杯で?」

笑ってごまかしてはみたが、弥助には通用しなかったようだ。

「若は酒を飲み慣れてないですし、夕餉の前のすきっ腹でしたし」

弥助は本気で心配そうな目を向けてきた後、「これからは、お客さまからの酌は控えてください」と言い出した。控えるも何も、これまでだって受けたことなどない。第一、今日の酒は無病息災を願ってのものではないか。と言い返したい気分もないではないが、今夜のところは、まあ、いいか。

「じゃあ、暖簾を下ろして、俺たちも菊花ちらしをいただくとするか」

喜八は弥助の肩に手をかけて言った。小芝居を後に控えていた昼の休憩はゆっくり食べる暇もなかったのだ。

「そうですね」

弥助はうなずき、二人は仲良く暖簾を下ろすと、店の中へと戻っていった。

本書は、ハルキ文庫のために書き下ろされた作品です。

し 11-19

菊花(きっか)ちらし 木挽町芝居茶屋事件帖(こびきちょうしばいぢゃやじけんちょう)

著者 篠 綾子(しの あやこ)

2024年1月18日第一刷発行

発行者 角川春樹

発行所 株式会社 角川春樹事務所
〒102-0074 東京都千代田区九段南2-1-30 イタリア文化会館

電話 03(3263)5247[編集] 03(3263)5881[営業]

印刷・製本 中央精版印刷株式会社

フォーマット・デザイン＆シンボルマーク 芦澤泰偉

ISBN978-4-7584-4611-2 C0193

http://www.kadokawaharuki.co.jp/[営業]
fanmail@kadokawaharuki.co.jp[編集] ご意見・ご感想をお寄せください。